AF367093

SOTTANA GIORGIA - BANI GABRIELE

IO SONO
Il viaggio di Giorgia Sottana

Editore
START ME HUB

Prima edizione: Aprile 2019

ISBN: 978-88-32065-24-4
ISBN E-BOOK KINDLE: 978-88-32065-23-7

CHI SIAMO

Il mio nome è **Giorgia Sottana**, sono nata a Treviso il 15 dicembre 1988, e sono una giocatrice della Nazionale Italiana di Pallacanestro, con la quale ho avuto il grande privilegio di scendere in campo 126 volte (ad oggi che scrivo) contribuendo con 1190 punti segnati. Ho partecipato a 4 campionati Europei, ma il risultato migliore sono certa che debba ancora arrivare. Nella mia carriera ho avuto la fortuna di giocare in città meravigliose, per club altrettanto importanti, come Venezia, Taranto (dove ho vinto il mio primo Scudetto), Schio, Montpellier (Francia) e Fenerbahce (Istanbul - Turchia). Ringrazio il Cielo per tutto quello che ho avuto la possibilità di vincere fino ad oggi: 4 Super Coppe Italiane, 6 Coppe Italia, 5 Scudetti,1 Campionato Turco e una Coppa di Turchia. Ma sono altrettanto riconoscente per i momenti difficili che ho dovuto affrontare e superare nel corso della mia carriera, come due interventi di ricostruzione del legamento crociato, che mi hanno insegnato a tenere duro e a godere comunque del momento.

La mia anima è zingara: mi perdo tra i sentieri dello sport che amo, delle città che vivo, e nelle persone che mi circondano; sono in un consapevole costante adattamento.

Posso raccontarvi tutto ciò che ho fatto, che ho visto e provato: ma ciò che sono non sono in grado di descriverlo, posso solo viverlo.

Io sono **Gabriele Bani,** nato ad Ancona il 2 Aprile 1987. Dal 2013 svolgo l'attività di mental coach sportivo, supportando atleti in varie discipline sportive a raggiungere la loro eccellenza.

In questi anni ho avuto il privilegio di lavorare con tantissimi sportivi professionisti di diverse discipline come Giorgia, Francesca Dotto, Raffaella Masciadri, Giorgia Speciale (medaglia d'oro Olimpica giovanile di Windsurf), solo per citarne alcuni. Ho collaborato, e collaboro, anche con società sportive riconosciute a livello Internazionale come Famila Basket Schio - Basket ; Circolo il Girasole - Equitazione, Calzaturieri Montegranaro - Ciclismo, Giovane Ancona Calcio -Calcio; e, con mio grande onore, la Nazionale Maschile Pallavolo atleti sordi.

Negli ultimi sei anni ho aiutato molti atleti a vincere Mondiali, Europei, competizioni internazionali, regionali e svariati campionati Nazionali (Italia, Turchia, Spagna).

Amo le sfide, tendo a credere nell'impossibile fino a renderlo possibile, e mi piace creare rapporti umani concreti e veri, perché credo che nel dialogo, come nell'incontro di vite, si crea la scintilla di Luce che illumina il mondo.

PREFAZIONE

Ricordo bene la risposta quando Gio e Gabri mi hanno chiesto di scrivere la prefazione di questo libro. Ricordo ogni singola parola.

"Di che libro stiamo parlando?". Sì, perché avevano omesso questo piccolo particolare.

Aneddoti a parte, ho aspettato di leggere questi capitoli prima di scrivere queste poche righe. Ovviamente sono felice e orgoglioso di poter introdurre questo libro, e non vi nascondo che in un paio di ore lo avevo già finito.

È un racconto molto intimo, una specie di diario del cambiamento di Gio, che ti fa conoscere una campionessa come una ragazza semplice, in lotta contro i suoi dubbi e incertezze, per cercare di elevarsi come giocatrice e, soprattutto, come persona.

Unito a questo c'è la parte di Gabri che spiega come (quali sentimenti, la fisiologia, il metodo) è avvenuto questo cambiamento.

Spesso la figura del mental coach è associata ad un dottore della testa. Una persona da chiamare quando non si è in grado di affrontare determinate situazioni. Dopo questo libro spero possiate apprezzare questa figura per quello che è: un professionista che ci accompagna nella scoperta della nostra parte migliore, per portare la nostra vita, come dicono nel mondo NBA, "From good to Great".

Allo stesso tempo, spero possiate apprezzare il lavoro di Gio, che non si è accontentata del suo talento ma ha voluto (e lavorato tanto per) evolversi in tutti gli aspetti della sua vita.

Per cui se siete in un momento duro leggete questo libro, troverete una compagna che ha vissuto situazioni difficili e ne è uscita più forte.

Se invece siete in un momento buono, leggete questo libro e troverete la spinta per migliorare e rendere la vostra vita "From good to Great".

Buona lettura!

Piero Zanella #LA2028 - Assistant Coach Famila Schio

INTRODUZIONE

Rientro a casa felice per aver passato la giornata trascorsa in palestra con RAGAZZI che sognano di diventare campioni ed hanno ascoltato attentamente le mie parole ed il messaggio che volevo trasmettere: si "sceglie di diventare bravi" sudando tutti i giorni, cercando di non trovare alibi. Si deve provare a diventare campioni in campo, ripetevo, ma lo si deve essere soprattutto nella vita. Mi chiama al telefono Giorgia e mi dice che sta scrivendo un libro insieme a Gabriele, il suo mental coach che ho conosciuto durante i miei giri nelle palestre italiane.

Dico a Giorgia che sono felice di questa decisione e lei continua chiedendomi se voglio scrivere l'introduzione: sono davvero molto contento di questo attestato di stima da parte di una persona che ha condiviso momenti importanti ed esaltanti del mio cammino professionale.

Le dico che mi fa piacere accettare la sua proposta.

Giorgia mi invia lo scritto, che mi appassiona tanto e mi trasmette sensazioni ed emozioni forti.

L'autrice, Giorgia, inizia il libro con una manifestazione di coraggio, affermando che tante volte per cercare di diventare migliori è importante imparare ad essere consapevoli dei propri limiti e "cercare di farsi aiutare", ben sapendo che questa ricerca è, appunto, un atto di coraggio .

Gabriele racconta che si emoziona nel ricevere per e-mail il messaggio di Giorgia, che chiede di parlargli per una possibile collaborazione.

Giorgia continua raccontando del grande rapporto di fiducia instaurato con il mental coach, anche perché legge in Gabriele il cuore che mette nel suo approccio e

nel suo modo di vivere questo rapporto "professionale".
Inoltre a Giorgia piace, e questo aiuta il rapporto, il
grande senso di responsabilità di Gabriele.
I concetti di riferimento, utilizzati sia da Giorgia che da
Gabriele, sono Consapevolezza e Responsabilità,
requisiti che consentono di raggiungere obbiettivi
importanti di miglioramento.
Giorgia dice: "Il percorso è lungo ma intanto io ho iniziato
a camminare" e immediatamente, grazie a Gabriele,
pone gli obbiettivi e inizia il cammino per cercare di
diventare ogni giorno un po' migliore.
Ripercorrendo e insegnando il cammino, Giorgia e
Gabriele insistono sul fatto che due sono le influenze che
determinano le nostre azioni: una interna ed una esterna
(degli altri) e sull'importanza di "ascoltare tutti ma decido
io". L'importanza di decidere per noi stessi.
All'inizio, per Giorgia non era vero che dalla sconfitta si
imparava tanto e neppure la vittoria aveva una valenza
formativa; afferma, poi, che il percorso fatto l'ha aiutata a
capire come elaborare un evento e come andare oltre.
Anche questo è un aspetto interessante del libro, una
parte molto bella che ci fa capire come bisogna vivere
ogni attimo della vita e come da ogni cosa si ricavino
insegnamenti per migliorare.
Viene raccontato, poi, della partita degli europei persa,
per così dire, per un dettaglio, ed anche di come da
situazioni come queste derivi la capacità di migliorare.
Nella parte conclusiva del libro Giorgia evidenzia come,
alla fine, uno sa se realmente ha dato tutto per
raggiungere un obbiettivo oppure no: e nessuno potrà
fare passi avanti se non cura i dettagli di ciò che fa.
"Credi in Te", dice Giorgia, ma nello stesso tempo
esprime gratitudine ad alcune persone che le hanno dato
la forza di mettersi in discussione e di credere che ogni

giorno è importante per diventare migliori, rispetto al giorno precedente.

Io aggiungo: grazie Giorgia per aver scritto queste esperienze con grande umiltà e grande attenzione, in modo da mandare dei messaggi precisi: provare a diventare migliori è una scelta di vita. Tu hai scelto e vuoi mandare un messaggio chiaro: credete in voi stessi ma non abbiate paura della fatica e del sudore per raggiungere gli obbiettivi, facendo sì che gli incontri e le relazioni diventino ricchezze e risorse importanti per la vita.

Un libro da leggere con attenzione. Coinvolge e aiuta a riflettere.

Grazie Giorgia, grazie Gabriele.

Andrea Capobianco
Head Coach Nazionale Under20 Maschile

"Ogni ostacolo, ogni muro di mattoni,

è li per un motivo preciso.

Non è li per escluderci da qualcosa,

ma per offrirci la possibilità di dimostrare in che misura ci teniamo.

I muri di mattoni sono li per fermare le persone che

non hanno abbastanza voglia di superarli.

SONO LI PER FERMARE GLI ALTRI".

"L'ultima lezione. La vita spiegata da un uomo che muore"
Randy Pausch, 2008, Rizzoli.

PERCHÈ IO SI?

Devo ammetterlo, andare a ritroso nel tempo in un percorso iniziato da un po' non è semplice. Andare a ritrovare le sensazioni e le emozioni che mi hanno spinta a fare questo passo, è un po' come camminare per il sentiero all'indietro schivando i sassi che mi avevano fatta inciampare.

Per qualche ragione, la vita mi ripresentava davanti sempre le stesse cose. Ogni fine stagione mi sentivo pronta a fare un passo in più, ma non ne avevo la possibilità. O, almeno, così pensavo. Incolpavo il destino, che non voleva proprio darmi una mano ad uscire da quella che è, o meglio era, la mia routine. Ogni fine stagione parlavo con il mio agente e dicevo: "Voglio provare un'esperienza fuori. Voglio vedere che opzioni ho".

Alla fine della stagione 2015-2016 ero ad un passo dal lasciare Schio: alcune squadre estere mi avevano cercato e mi entusiasmava l'idea di provare qualcosa di nuovo. Eppure sentivo che qualcosa ancora mi teneva legata alla mia casa scledense. Solo dopo aver parlato con Gabriele, ho capito che, appunto, questa "forza" che mi tratteneva nel posto dov'ero non era pigrizia, o incapacità . Più semplicemente, avevo ancora dei "muri" da superare. La vita mi mostrava cosa c'era al di fuori, come attraverso delle piccole finestre, ma poi, attorno a queste finestre, c'erano muri alti che dovevano e devono essere superati.

Avendo preso consapevolezza che la vita non regala quasi niente, ho deciso che Coach Gabriele era la persona giusta. E io ero la persona giusta per lui. Poteva aiutarmi, dovevo solo lasciarglielo fare. Detto così, sembra facile, ma per un'atleta, sempre abituata ad arrangiarsi e a pensare che gli unici aspetti da curare sono quelli tecnici, ritrovarsi davanti ad una figura come quella del Mental Coach fa certamente nascere domande, spesso scomode, alle quali, a volte, vorresti non dare risposta.

Avevo un sacco di interrogativi e perplessità che mi giravano in testa ("Perché ho bisogno di questa cosa?" "Che cosa penseranno gli altri?", eccetera), e, non lo nascondo, m'intimorivano tanto da sentirle dentro nel petto, soprattutto dopo la prima e-mail ricevuta da Gabriele. Mi sono trovata a leggere le sue dieci domande d'inizio lavoro con me e mi sono spaventata. Alla domanda numero 1: "Quali sono le tue convinzioni potenzianti?" già mi tremava la mano, e a dirla tutta non sapevo nemmeno bene cosa volesse dire. Senza parlare delle altre nove. Capii fin da subito che il lavoro che mi stavo apprestando a fare su me stessa non era solo un allenamento, ma piuttosto un dono che mi sarei fatta.

Spesso mi ero dimenticata di quanto importante fosse pormi delle domande, sebbene scomode e impegnative, per poter vedere e sentire chiaramente quello che volevo. Oggi penso che se dovessi rispondere nuovamente a quella lista di domande, sarei certamente più chiara di quanto non lo sia stata a suo tempo. Ma solo ora trovo normale l'impaccio che avevo davanti ad una situazione totalmente nuova, e, per me, anche un po' scomoda.

Per quante domande mi avesse posto Coach Gabriele, però, vi posso assicurare che non erano tante quante quelle che avevo in testa io: tra dubbi, perplessità e paure, mi sembrava di entrare ad occhi chiusi in un mondo a me totalmente sconosciuto e che mi avrebbe costretta a mettermi alla prova. Non sapevo nemmeno bene come rivolgerle a lui, come approcciarmi: dopotutto non lo conoscevo e non aveva ancora la mia totale fiducia. La fiducia è venuta dopo. Come in tutti i rapporti, per come sono fatta, sostengo che per ricevere bisogna sempre prima dare: e così ho deciso di aprirmi e provare a spiegargli tutta la confusione che avevo in testa.

Avevo fallito? Era la domanda più triste che potessi farmi, che mi toccava di più: avevo fallito come atleta nell'aver bisogno di una figura come Gabriele per aiutarmi ad eccellere? Perché io avevo bisogno di lui e le altre compagne no? Come potevo investire in qualcosa di sconosciuto, imboccare una strada a priori senza sapere dove avrebbe portato?

A ripensare a queste domande un po' mi viene da sorridere, anche se credo fossero domande giuste, in quel preciso momento, e che averle fatte mi abbia dato la spinta in più che mi mancava. La convinzione che, effettivamente, questo era ciò di cui avevo bisogno.

Rendermi conto che nella vita di un'atleta ci sono altri aspetti da curare, oltre a quello tecnico, è uno dei passi più importanti che ho fatto come persona. Prendere coscienza di cosa si è, di cosa si è disposti a mettere sul piatto, mi ha fatto realizzare l'importanza che stavo dando a me stessa. Ammetto che, senza Coach Gabriele, non avrei probabilmente mai saputo fare i conti con quello che mi mancava: davo sempre troppo ascolto agli altri, e davvero poco a me stessa. Che, per l'amor del cielo, trovo sia un gran pregio dare importanza a chi mi circonda. Purtroppo, però, spesso l'opinione altrui caricava pesi inutili sulle mie spalle: non mi miglioravano, erano li solo per appesantirmi. Come un rumore forte, che m'impediva di sentire quello che effettivamente avevo dentro.

Alla domanda: "Perché io sì e gli altri no", Gabriele mi ha dato la risposta più semplice che potessi immaginare.

Infatti non la immaginavo per niente. Capire che "gli altri no" era perché gli altri forse non sapevano che si possono fare ancora meglio le cose, mi ha aperto un mondo, trasformando la mia convinzione negativa dell'aver bisogno di lui, in convinzione potenziante: avevo bisogno di lui perché IO volevo essere meglio. Avevo ed ho tuttora voglia di spingermi oltre il limite. Di non accontentarmi. Di tirare fuori il meglio di me in ogni situazione. Di essere una persona che accetta le sue responsabilità, e affronta a testa alta le sfide che incontra nel cammino.
Sono passata dall'aver bisogno di Gabriele, ad aver voglia di lavorare con Gabriele.

PIACERE, GABRIELE!

Era una calda sera di fine Giugno, mi trovavo ad Ancona, al molo turistico, quando ricevetti da Giorgia un sms con scritto: "Sono libera". La chiamai e iniziammo l'intervista telefonica con lei: come per me è giusto fare, prima mi ero andato a studiare il suo curriculum vitae sportivo, per poter pianificare domande mirate a trovare le informazioni che cercavo.

La telefonata fu molto piacevole. Giorgia rispondeva in maniera molto sincera, a volte spiazzandomi completamente con le sue risposte.

Mentre parliamo, inizio a darle qualche indicazione su come può sfruttare meglio la mente nei suoi contesti specifici e finiamo ridendo e ringraziandoci vicendevolmente per questa chiacchierata.

Chi poteva sapere che sarebbe stato il primo capitolo di questa nuova avventura?

Modellare le Eccellenze

L'intervista che ho fatto a Giorgia, quelle varie domande che le ho mandato via e-mail, è un'attività che svolgo come mental coach, perché oltre ad allenare con successo persone a vivere al meglio la propria vita, ho bisogno di conoscere gente di grande valore nel loro ambiente. Poter capire quali sono gli atteggiamenti, la mentalità, le azioni e la qualità dei pensieri che hanno, mi serve per migliorarmi e per poter avere nuovi modelli da raccontare durante i miei corsi, o ai miei coachee (clienti).

È per questo che ho conosciuto Giorgia, grazie al mio amico Piero, vice allenatore della Pallacanestro Femminile Schio.

L'intervista come strumento di studio delle strategie mentali, delle risorse, delle convinzioni, dell'atteggiamento e delle azioni di una persona eccellente in un campo, o contesto, si chiama modellamento.

Il modellamento è uno strumento molto efficace per poter migliorare se stessi prendendo come "esempio" persone eccellenti. Classico è l'esempio correlato allo sport: ogni sportivo ha un modello che studia per migliorare qualche gesto tecnico.

Portare Valore

La mia *Mission*, il motivo profondo per cui vivo, è *trasmettere tutto ciò che sono e portare valore nella mia vita e nella vita degli altri*: è il mio scopo profondo nella vita.

Impegno tutte le mie risorse, le mie strategie, la mia identità, per far percepire il grande valore che ogni essere umano ha. Voglio far capire che ognuno ha il diritto di vivere una vita felice alla luce dei propri talenti e della propria unicità.

Credo fermamente che investendo sulle persone, sulla loro crescita, sulla loro capacità di essere adulti responsabili e maturi, si possa guidare in maniera eccellente una persona alla libertà e alla felicità autentica. Volersi bene, decidere in maniera onesta e matura, porta l'essere umano ad essere anche appagato e felice. È fare e farsi, un dono incredibile.

Una mia convinzione è che se voglio chiedere un cambiamento ad un altro, in primis io debba essere esempio di quella risorsa o strategia. Senza *coerenza* (per me la risorsa fondamentale di un mental coach) puoi esprimere a voce bellissimi messaggi o pensieri, ma mancherebbe la *concretezza*, cioè l'*azione* diretta, che è poi la vera essenza del coaching: ossia *pratica, pratica, pratica.*

Qualche tempo dopo, aprii la mia casella email e trovai un messaggio di Giorgia. Provai una grande emozione perché l'email era del tutto inaspettata e mi sentii molto onorato nel leggere che aveva deciso di voler lavorare su se stessa per poter manifestare tutta la sua bravura. Mi sentii grato per essere stato scelto come *risorsa* per sviluppare ed accelerare questo processo di *eccellenza*. Aprii e mi immersi con attenzione nelle parole: rilessi per almeno cinque volte e iniziai ad interrogarmi di quali e quanti ulteriori dettagli avessi bisogno per determinare le tappe di questo percorso.

Cominciai a sviluppare una prima bozza di piano d'azione per il suo obbiettivo. Per mia fortuna (concetto che riprenderò nel libro), ho già avuto l'occasione di supportare atleti di altissimo profilo con eccellenti riscontri.

Ho imparato a sentirmi sicuro, so che è un'occasione importante che aiuterà anche me. Le chiedo tutto quello che ho bisogno di sapere e *accetto la sfida*.

Mi ricordo esattamente cosa pensai: investo ciò che ho a disposizione, e tutto quello che imparerò nel corso del tempo, per poter essere risorsa di valore per Giorgia.

Accettare le sfide può generare molte emozioni, anche contrastanti. Credo che provare un minimo di paura sia naturale e sano. È un'emozione umana e per ciò dobbiamo accettarla e prenderne il valore positivo (la *paura*, come emozione di base, ci *protegge*): è possibile utilizzare questa energia per poterci focalizzare meglio verso dove vogliamo andare.

Accettare la sfida di cambiare è un percorso che può spaventare, perché bisogna trovare la persona giusta di cui fidarsi e alla quale affidarsi per poter completare la sfida in sicurezza, ma, anche e sopratutto, perché bisogna lasciare il conosciuto per il non conosciuto, il certo per l'incerto, la strada vecchia per la strada nuova. Di fatto, parlando in termini tecnici, si tratta di mollare la *"zona di comfort"* (la sfera di tutto ciò che noi conosciamo, cose positive e negative). Dato che, come esseri umani, siamo predisposti alle abitudini e spesso facciamo fatica e proviamo sconforto nel cambiare delle cose non positive di noi stessi, preferiamo trovare delle scuse per fallire piuttosto che strade per vincere queste sfide.

Come persona io sono incline ad accettare moltissime sfide, sia a livello personale, sia in ambito lavorativo, in quanto buttarmi dove molti non hanno tentato, o hanno fallito, attiva il mio miglior stato d'animo al fine di riuscire nelle imprese.

Calibrazione del percorso

Dato che ogni persona è un universo unico, irriducibile ed irripetibile, ogni percorso di coaching è altrettanto unico: esattamente come un vestito cucito da un abilissimo sarto si modella sulla persona che lo indossa. Così, il percorso da sviluppare ha bisogno di essere preparato in ogni minimo dettaglio, prevedendo anche possibili scenari difficilmente pensabili all'inizio. Con Giorgia, questa fase assai delicata ed importante, andò molto bene in quanto la sincerità e la qualità delle sue risposte mi permisero di individuare una rotta dettagliata che poi ho condiviso con lei: e, trovandoci d'accordo al 100%, ci imbarcammo in questa splendida avventura.

SEI TU IL MIO GIGANTE?

Non è stato semplice arrivare alla consapevolezza che il bisogno che avevo di Gabriele in realtà era una grandissima voglia di migliorare me stessa e il modo che avevo di approcciare alcune situazioni. Mi considero una persona molto aperta alle novità e anche molto curiosa, nel significato più positivo del termine: non sono una ficcanaso, sono solo affamata di conoscenza. Il percorso che sto facendo con Coach Gabriele, se all'inizio m'intimoriva e mi faceva sorgere tantissimi dubbi e domande, poi si è trasformato in un viaggio destinato alla scoperta non solo di me stessa, ma anche di un mondo di rapporti totalmente nuovo.
Un mio amico cantava... "Alla base del legame la fiducia". Sembra una concetto semplice e scontato, detto cosi, ma pur non essendolo affatto, considero la fiducia un qualcosa di assolutamente imprescindibile in ogni tipo di rapporto che ci tocca nel profondo. A me, personalmente, piace il rischio della scottatura, e preferisco mostrarmi per quello che sono, conscia del pericolo che puoi correre quando ti mostri a cuore aperto. Ed è quello che ho fatto con Gabriele. Agli inizi, quando ci siamo scambiati un paio di email, non lo conoscevo per niente: non sapevo che faccia avesse, quanto alto fosse, se portasse gli occhiali oppure no. Conoscevo il tono della sua voce, forte e deciso, ma allo stesso tempo confortevole, e, tante volte, mi sono trovata ad immaginarmelo a modo mio. Nonostante non avessi la minima idea di che figura, nel senso più visivo del termine, avessi davanti, mi sono subito trovata a dover decidere se fidarmi o no. Le domande che mi aveva fatto nella nostra primissima telefonata, e poi

successivamente nelle email che ci siamo scambiati, erano domande che scavavano. Certo, avrei potuto anche rispondere più superficialmente senza dire tutto quello che provavo, ma nella mia idea di mondo faccio davvero fatica a comprendere quelli che si danno solo in parte. Qualcosa mi stava spingendo verso di lui: ovvio, affidare i propri sentimenti più profondi a uno "sconosciuto" forse non è cosa così razionalmente intelligente, ma sentivo dentro di me che era l'unica via. Per me questa è, spesso, l'unica via.

Era agosto quando poi decidemmo di trovarci fisicamente e conoscerci di persona. Partii con Piero all'alba per andare ad Ancona a incontrare Gabriele: ci aveva promesso un giro in barca a vela, ma il mare quel giorno ci ha tirato un brutto scherzo, il vento era troppo forte ed era meglio stare al porto. Un po' mi è dispiaciuto, avevo davvero voglia di provare l'esperienza della vela, ma sono certa che ci saranno altre occasioni. Ricordo che durante le ore di macchina continuavo a chiedermi che tipo di uomo mi sarei trovata davanti di li a poco. Parlai un po' con Piero, ed essendo per me un grande amico, mi veniva facile fidarmi delle buone parole che aveva nei confronti di Gabriele. Però ancora non riuscivo a togliermi dalla mente il "chissà com'è". Per come mi aveva parlato, nella mia testa si era formata una figura prestante: se non fosse che viviamo in un mondo dove l'uomo più alto non supera i 236 centimetri, sicuramente me lo sarei immaginato alto almeno quattro metri, super possente e con una forza tale da tenere tutto l'universo sulle spalle. Quando arrivammo ed effettivamente lo vidi, rimasi un po' delusa. Più tardi parlai anche con lui della prima impressione visiva che mi aveva dato. Mi sentivo un po' come ci si può sentire da bambini quando, il giorno di

Natale, sotto l'albero il pacchetto con il proprio nome è il più piccolo. Cosi, come se la dimensione visiva della cosa potesse effettivamente rivelare il peso specifico di quello che c'era all'interno. Chiariamoci: Gabriele è un uomo di altezza media, fisicamente nella media, ed era anche vestito bene. Solo che io me l'ero immaginato diverso. Ero delusa dalla mia immaginazione e dall'aspettativa che in qualche modo mi ero creata. Ho anche pensato: mi può davvero aiutare questa persona? Parcheggiai la macchina e gli strinsi la mano per la prima volta. Ero ancora delusa. Non mi convinceva. Volevo quasi scappare. Per fortuna non avevo questa possibilità, quindi andammo a bere un caffè. Tempo 30 secondi, una quindicina di parole, e tutta la mia perplessità svanì. Mi trovavo ad un tavolino con un uomo dal valore che pochi hanno. Il modo di parlarmi del suo lavoro mi fece capire subito che anche lui, come me, prima ci mette il cuore. Poi tutto il resto. Ci volle davvero pochissimo tempo materiale per farmi capire quanto fossi fortunata ad avere questa occasione enorme. E ancora non avevamo detto e fatto nulla. Nei minuti successivi mi sentivo davvero felice. Anche un po' ridicola per aver provato quella "delusione" iniziale creata da me, e solo da me.

È stato in quel preciso istante che, almeno da parte mia, si è formato quel filo imprescindibile chiamato FIDUCIA. Si, dopo 30 secondi di conversazione, io avrei potuto mettere la mia vita nelle sue mani, consapevole che ne avrebbe fatto buon uso.

Parlammo del più e del meno, ci raccontammo fatti e aneddoti simpatici delle nostre vite, e mantenemmo una conversazione molto spontanea. Ci stavamo conoscendo, e lo stavamo facendo nel più sincero dei modi. Penso che raccontare i vari fatti, nudi e crudi, sia secondario. Quello che invece trovo di primaria importanza è la sincerità con la quale entrambi ne abbiamo parlato. Ora, a ripensarci, mi sembra una cosa del tutto normale. Al momento però non mi sembrò cosi scontata. Eppure tutto ciò mi ha insegnato che, alla fine, quando ti dai è sempre meglio farlo nel modo più onesto. Così: spontaneo. Capisco che, forse, non per tutti sia semplice aprirsi in due e mostrarsi dentro, ma personalmente io lo trovo un cammino davvero interessante. Fortunatamente, o sfortunatamente, mi rendo conto che siamo qui per un periodo davvero limitato, e realizzo che non ho tempo materiale per farci stare dentro tutta la vita che vorrei: ecco perché esistono le relazioni con le altre persone. Aprirsi, per me, è l'unico modo per far entrare qualcos'altro. Certo, ci si rende un po' vulnerabili, ma conoscete un'altra via? È come quando uno vi bussa a casa, aprite o non aprite? Se si apre, si corre il rischio che, magari, di fronte ci sia un ladro, che potrebbe rubare tutto e lasciare nulla. Oppure potrebbe esserci un amico, che vi porta un regalo e va via a mani vuote. Alla fine, il ladro comunque vi lascerà un po' di paura, di ansia, magari anche tristezza. L'amico gioia, serenità e tranquillità. In entrambe i casi, ti viene donata l'esperienza.

Ora come ora Gabriele conosce moltissimo di me che riesce in breve tempo a risollevarmi e dirigermi, solo grazie a ciò che io gli ho affidato. Ne sono consapevole al 100%. Questa consapevolezza arriva da un forte senso di responsabilità che ha nei miei confronti, tanto quanto io ne ho nei suoi. Pur essendo un rapporto di lavoro, visto in modo oggettivo, non può essere un rapporto a senso unico. Non è solo il Mental Coach ad avere una grossa responsabilità nei nostri confronti, ma siamo sopratutto noi a dover esser consapevoli di quello che dobbiamo a noi stessi, e a lui, per poter raggiungere i nostri obbiettivi.

Non mi è stato per niente facile capire questo passaggio: pensavo che dovesse fare tutto lui. Tipo terapia intensiva, attaccarmi ad una macchina e sperare di uscire diversa. Quel giorno, invece, capii che avrei dovuto fare un bel po' di fatica.

Quando cominciammo a parlare di come impostare il lavoro, ancora non ero convinta. Nel senso che non avevo davvero ancora capito in che modo si dovesse procedere, come si dovesse fare, cosa sarebbe successo. Mi sentivo ancora un po' demoralizzata al pensiero che io, proprio io, avessi bisogno di lui. Poi pensavo che dovevo dirlo ai miei genitori. Mio padre è stato il mio allenatore per tantissimi anni, mia madre invece non ha mai giocato, ma mangia pane e basket dal giorno che ha incontrato il mio babbo. Come potevo sedermi ad un tavolo e dire loro: "Vostra figlia necessita di una spinta in più". Avevo paura di deluderli e non sapevo nemmeno bene come spiegare quello che stavo per fare con Coach Gabriele. Come potevo spiegare a loro un qualcosa che non era chiaro nemmeno a me stessa? Insomma, era davvero complicato. O almeno così appariva nelle mia testa.

Ne parlai con Gabriele quel giorno e cercai di farmi dare tutte le risposte di cui avevo bisogno. Ora mi rendo conto che alcune domande non potevano trovare risposta in quel preciso momento: era un percorso in evoluzione, e non tutto era pianificabile a priori. Volevo sapere come avremmo lavorato, cosa mi avrebbe fatto. Erano test? Domande aperte? Erano dialoghi o messaggi?

"Insomma Gabri, come farai a tirare fuori il meglio di me?".

Son passati anni e, ancora, non saprei spiegarlo. Onestamente pensavo fosse una cosa un po più semplice, invece è un impegno che va coltivato giorno per giorno. Non puoi sgarrare. È un patto che fai prima di tutto con te stessa e sarebbe davvero un peccato mandarlo a monte. Ed è anche un patto che ho fatto con Gabriele: ricordo che gli detti carta bianca. "Voglio raggiungere i miei obbiettivi" - dissi - e gli diedi il permesso di agire anche in malo modo, se si fosse presentata la necessità. Qualsiasi via avessi dovuto prendere, l'avrei presa, e ancora ora la prenderei, per arrivare all'obbiettivo.

A distanza di tempo dall'inizio di questo percorso, ancora non ho dato a Gabriele la possibilità di "bastonarmi": faccio quello che mi dice, conscia che è un qualcosa che serve a me. Lo faccio credendoci al 100% e lo faccio con tutta me stessa. Certo, alcuni giorni mi viene meglio ed altri meno, ma sul piatto abbiamo messo troppo, e non sarò certo io a buttare per terra tutto il bene che c'è sopra.

Ritornando a casa, in macchina, ricordo il senso di forza che avevo dentro: una forza che era dettata dalla consapevolezza che avevo raggiunto quel giorno, e dal forte senso di responsabilità che avevo riposto sulle mie spalle. E, ovviamente, su quelle di Gabriele.

LA FIDUCIA E IL PATTO

È una bella giornata di Agosto, Giorgia e Piero stanno venendo giù ad Ancona per incontrami, io avevo programmato tutto: una bella giornata in barca a vela, ma per cause di forza maggiore è tutto rimandato. Avviso i due naviganti che, per colpa del tempo avverso, i piani sono cambiati, e che li porterò nella parte più bella di Ancona: la baia di Portonovo.

Ci incontriamo, saluto Piero con un caloroso abbraccio e tendo la mano a Giorgia per le presentazioni ufficiali, prima di partire verso la nostra destinazione. Mentre siamo in macchina faccio un po' da cicerone per poter rompere il ghiaccio, inizia così una prima chiacchierata fino al nostro arrivo in spiaggia. Nel frattempo vedo che Giorgia mi guarda in maniera dubbiosa.

Arrivati in spiaggia, noto i loro visi meravigliati e sorridendo dico: "Qua è come stare in paradiso". Ci accomodiamo al ristorante per un pranzo con tavolo a dieci metri dal mare, le onde ci fanno da sottofondo, e iniziamo a parlare del più e del meno. Mi fanno molteplici domande alle quali rispondo in maniera puntuale, dopotutto sono qui anche per poter testare se posso dare loro quel valore che come mental coach so dare. Se Piero già mi conosce e dal viso traspare la sua tranquillità, inizio a notare in Giorgia un respiro più rilassato e una faccia meno dubbiosa. Verso le 15, dopo un bel pranzetto, li porto nel mio ufficio e faccio vedere a Giorgia come lavoro: ho già pianificato un lavoro specifico con Piero e Giorgia guarda attentamente;

scorgo un interesse e, man mano, cresce dentro di lei la sicurezza che sono ciò che sta cercando.

Finisco con Piero, ci salutiamo e vedo che il viso di Giorgia è completamente cambiato dalla mattina, come anche il suo modo di stringermi la mano, penso: "Bene, ora si inizia".

REGOLE DEL GIOCO

Durante il pranzo, lei mi chiede in maniera molto dettagliata cosa faremo nel percorso, io le spiego subito che coaching significa *allenamento mentale e allenamento quotidiano:* quindi non è una strada semplice o una ricetta magica, cioè un qualcosa che va avanti da solo.

Questa premessa mi serve sempre quando inizio un percorso di coaching (lavoro), perché ci sono regole quotidiane ben precise che devono essere mantenute se si vuole massimizzare la qualità del lavoro. Per regole del gioco intendo sia le *azioni* quotidiane pratiche, che il grado di attenzione nel vivere la giornata.

Inoltre, fra queste regole del gioco si parla della fiducia che si istaura fra me e il cliente, perché più è chiara e trasparente la comunicazione, più sono di supporto e posso fornire lo strumento o la chiave di lettura giusta. In più io sono chiamato a dire ciò che va bene e ciò che non va bene, zittire scuse e lamentele, per poter far focalizzare la persona al raggiungimento dell'obiettivo. Ed è semplice capire come, appunto, la fiducia sia un ingrediente imprescindibile.

Le due risorse fondamentali: *consapevolezza e responsabilità*, che giocano assieme.

Chi inizia un percorso di lavoro con me, durante il primo incontro ascolta sempre questa metafora. I primi due strumenti fondamentali in un percorso di crescita personale (per il sottoscritto) sono *consapevolezza* e *responsabilità*, e le rappresento come mano destra (*consapevolezza*) e mano sinistra (*responsabilità*).

Se voglio guidare la macchina ho bisogno di entrambe le mani, perché con una giro il volante, con l'altra cambio le marce, e queste cose fatte insieme mi permettono una guida sicura e precisa. Ugualmente, in un percorso di crescita, con la *consapevolezza* ho l'attenzione e gli strumenti per dare il meglio di me e con la *responsabilità* mi attivo ad utilizzare questi strumenti per poter creare il risultato che voglio.

Servono entrambe, e assieme, perché se sono solo consapevole potrei essere il classico "precisino" che le sa tutte, ma poi la mia vita non andrebbe come vorrei, perché non compierei le azioni giuste; d'altra parte, se sono solo responsabile e quindi facessi mille e mille azioni ma senza una logica, alla fine non riuscirei a vivere la vita che desidero e merito.

L'unione e la collaborazione fra questi due strumenti mi permette di agire (*responsabilità*) con tutto ciò che conosco (*consapevolezza*) per arrivare a *crescere costantemente verso la mia eccellenza.*

ALLORA, DOVE ANDIAMO?

Nei giorni successivi a quel primo incontro avevo ancora mille dubbi che mi rimbombavano in testa, ma una parte di me era comunque convinta di aver intrapreso la strada giusta. A volte quando imbocchi un sentiero non sempre sai dove ti porterà, o che tipo di percorso dovrai affrontare, ma se senti dentro che è quello giusto arriva un momento in cui i dubbi perdono forza, mentre la fiducia prende sempre più forma e vita.

Così ne parlai con i miei, spiegai loro la mia voglia di scoprire me stessa, e trovai un supporto che, onestamente, non pensavo di ricevere. Mi diedero man forte, e m'incitarono a seguire questo percorso, se lo sentivo giusto. Credevo di dover supportare molto di più le mie tesi per trovare un appoggio, invece probabilmente percepirono questa nuova spinta che stava nascendo dentro di me. Avevo motivazioni valide, e nonostante non sapessi ancora rispondere alle domande che mi facevano sul lavoro che avrei fatto poi con Gabriele, non si opposero. Mi tolsi un peso dopo averne parlato con loro: per quanto indipendente possa essere, il rispetto che nutro verso i miei genitori mi porta sempre ad avere un po' di timore reverenziale.

Era il momento di cominciare a fare qualcosa di concreto. Dopo la conoscenza reciproca, avevo voglia di mettermi sotto, di tirare fuori il meglio di me, di liberarmi da pesi che mi tenevano per terra.

Era fine Agosto, poco prima di iniziare la mia preparazione con la squadra, che incontrai di nuovo

Coach Gabriele per pianificare quello che poi avremmo fatto: ancora non sapevo come avremmo lavorato e avevo voglia di scoprirlo.

Ho sempre pensato che l'acqua concilia i miei pensieri, e mi dà modo di immergermi in me stessa. Guardando il mare, un fiume che scorre, o un lago, trovo la via per entrare nelle parti più profonde di me. Così per il primo "allenamento" avevo deciso di andare in un posto che per me è quasi casa, vicino a dove vivo: lago artificiale, ma pur sempre acqua.

Così chiesi: allora da dove cominciamo? Gabriele mi guardò e mi chiese di tirar fuori carta e penna. E pensai: carta e penna? Ora devo pure scrivere? La parte pigra di me era ancora li, ma stavo per scoprire una verità ancora peggiore: spesso confondevo la mia poca voglia di fare con stanchezza fisica, ma realizzai rapidamente che si trattava di una condizione mentale che mi auto imponevo.

Coach Gabriele: "Quali sono i tuoi obbiettivi Giorgia?"

Mi trovai spiazzata. Non ci avevo mai pensato. Si certo, ho dei sogni, delle ambizioni, ma nel concreto non mi ero mai fermata a scrivere i miei obbiettivi. Cosa volevo fare? Cosa volevo essere? Come volevo sentirmi? Non mi ero mai posta queste domande, e non le trovavo fondamentali. Ingenuamente pensavo che bastasse andare in palestra, fare il mio lavoro per bene e tenersi stretto un po' di talento. Forse a qualcuno basta. O, forse, credono che basti.

In modo estremamente elegante Gabriele mi stava impartendo una prima, grande lezione: come puoi pianificare un percorso senza conoscere la meta? E, allo stesso tempo, come puoi raggiungere qualcosa, qualunque cosa, senza pianificare un percorso?

Certamente si può andare a caso, alla "speriamo in bene", ed era quello che avevo sempre fatto. Spesso perdendo di vista gli obbiettivi e senza ottimizzare i tempi. È un po' come quando pianifichi un viaggio: a me piace partire senza pianificare giorno per giorno, e, forse, se avessi un periodo di tempo indeterminato non mi preoccuperei nemmeno di decidere prima dove voglio andare e cosa m'interessa vedere. Però, sfortunatamente, nessuno di noi ha tempo infinito, ed è per questo che darmi degli obbiettivi e dei tempi in cui raggiungerli mi ha permesso non solo di vedere e percepire meglio il mio lavoro, ma anche, in maniera fondamentale, di essere responsabile.

Così, passato il momento di spiazzamento, cominciai a chiedermi davvero cosa volevo essere e dove volevo andare, ma, sopratutto, sentivo dentro di me che era il "come" che mi premeva di più.

La parte inconscia di me sapeva delle potenzialità che aveva e ha, ma la parte conscia rifiutava di collaborare, dando il via a continue frustrazioni e momenti di abbattimento che si manifestavano in rabbia - a volte tristezza - e alimentavano convinzioni negative giorno dopo giorno. A volte entrare in palestra per me era difficile, non ne avevo voglia, a volte non ne vedevo nemmeno la ragione. Andavo perché era quello che dovevo fare. Non che *volevo* fare. Volevo assolutamente cambiare il mio stato d'animo perché sapevo che era quello che mi teneva dov'ero, ma, sopratutto, che stava rovinando un grande amore: quello che ho per la palla a spicchi.

Nel ritrovarmi, dunque, faccia a faccia con la necessità di delineare i miei obbiettivi, stavo già rendendomi conto delle aree in cui dovevo lavorare per poterli raggiungere. Volevo, e voglio, arrivare ad essere una "top" giocatrice d'Europa. Ma questo sarebbe solo stato il risultato finale. C'erano un sacco di altri sotto-obbiettivi: oltre a trovare una specie di calma interiore, avevo voglia d'imparare a gestire i miei stati d'animo che, spesso, mi portavano a buttare all'aria non solo tante, tantissime energie, ma anche di mostrare un lato di me... instabile e che andava ad incidere su quello che facevo in campo. E non mi andava più bene. Era una veste che stava stretta al mio corpo e la sentivo pesante dentro. Ho perso così tanto tempo ad incazzarmi per cose inutili, che, se ci ripenso ora, un po' mi rammarico. Mi focalizzavo su cose sbagliate, su cose che invece di avvicinarmi a ciò che volevo essere, mi allontanavano. Così, ho potuto anche assaporare quanto importante sia saper indirizzare l'attenzione (o focus, come lo chiama Gabriele) sulle cose che sono conformi a me stessa. Come muovere i miei pensieri nella direzione che voglio io, non in quella decisa da altri. Imparare a lavorare sul Focus è stato, e ancora è, uno dei viaggi più interessanti che abbia fatto dal divano di casa mia. O seduta su una panchina. Camminando per le vie del centro. Ammetto che, per quanto migliorata sia, a volte mi ritorna difficile: devo fare a botte con i miei pensieri per tenerli in riga ed allenarli ad andare dove è bene per me. Mi rendo conto che, in tante situazioni difficili, lasciavo che fossero altri a guidarmi. È un po' la metafora della barca a vela, quando soffia il vento puoi lasciare che ti porti dove vuole lui, o puoi prendere in mano il timone, rimboccarti le maniche, e muovere le vele per continuare sulla tua rotta. Verso la tua meta.

Nel corso della mia carriera ho dovuto fare i conti con un sacco di venti, più o meno forti, che soffiavano da tutte le parti: infortuni gravi, giudizi, complimenti, finti amici, amici veri. Certi venti sono buoni, certi altri no. Eppure, entrambi vanno gestiti e controllati. Alcuni venti per me sono stati terribilmente depotenzianti, introducendo in me una serie di convinzioni negative che, senza accorgermene, ho fatto diventare parte di me e della mia pelle: per così tanto tempo, che raschiarle non è stato affatto semplice. Nella lista di micro-obbiettivi che avevo, dovevo fare anche questo passaggio, nel tentativo di togliere tutto ciò che mi portavo addosso come zavorra che m'impediva di andare dove volevo. Ma, soprattutto, come volevo. Perdere il controllo di ciò che mettevo nel bagaglio, e far entrare li dentro tutto ciò che arrivava dall'esterno, mi aveva portato ad un "disconoscimento" della mia persona. La cosa che più mi faceva rabbia era che ero stata proprio io a permetterlo, senza rendermene nemmeno conto. Inizialmente mi sentivo in colpa verso me stessa, poi ho capito che era un po' la vita che mi aveva condotto li.

Per arrivare al raggiungimento di un obbiettivo non basta sedersi e scriverlo. Bisogna anche comprenderlo, analizzarlo, chiedersi: "Perché non sono ancora arrivata li?". È anche renderlo reale, possibile, capire se ciò che ti stai chiedendo è davvero alla tua portata oppure è irrealizzabile. È un percorso di onestà nei confronti di se stessi, ma, sopratutto, è far sì che l'obbiettivo diventi tangibile.
Una volta divenuto concreto, la strada pian piano si è delineata nella mia testa e mi sembra di vederla qui,

davanti ai miei occhi. La posso sentire dentro il mio petto e ne ascolto i rumori.

Il percorso è lungo, ma io intanto ho iniziato a camminare.

VERSO LE STELLE

"Quali sono i tuoi obbiettivi Giorgia?"

Furono le prime parole che dissi parlando con Giorgia, seduto in riva ad un lago durante la nostra prima e vera coaching.
Ricorderò per sempre il suo sguardo già perplesso quando, poco prima, le avevo intimato di tirar fuori carta e penna, poi diventato ancora più dubbioso alla mia domanda: era come se davanti al suo viso si fosse creato un grandissimo punto di domanda.
Da lì siamo partiti e le spiegai che "... gli obbiettivi ci servono per sapere dove vogliamo andare, perché se non sappiamo dove vogliamo andare, apparentemente tutte le strade sono giuste". Quindi conoscere il punto di arrivo, unito al punto di partenza, fa in modo che il cervello (grandissimo elaboratore) possa creare il percorso più adatto.
Non tutti quei pensieri/sogni/desideri che abbiamo vengono cifrati dal nostro cervello come reali obbiettivi: non identificandoli non riesce a guidarci verso quello che vogliamo.
Ogni obbiettivo ha bisogno di specifiche risorse che aiutino il nostro cervello ad attivarsi in maniera concreta, per poterci portare a raggiungerlo.

In primis l'obbiettivo ha necessità di essere espresso in positivo, ovvero comunicare a noi stessi e al nostro cervello la chiara e dettagliata immagine di quello che vogliamo. Molto spesso nella nostra comunicazione siamo abituati a dire quello che *non* vogliamo e il nostro cervello, di conseguenza, ragiona così. Quello che ignoriamo è che il cervello non prende i comandi in negativo, cioè evita di processare i "*non*" a livello inconscio. Facendo un esempio pratico: *non* pensare ad un elefante rosa, a cosa hai appena pensato?

Così accade anche quando diciamo a noi stessi: "Non voglio che accada quella cosa" e poi la cosa che volevamo evitare, accade.

Ciò che ne deriva è che spessissimo, appunto, ci capitano le cose che *non vogliamo* e questo poi ci porta a fare mille domande su noi stessi: qualcuno finisce anche per domandarsi: "Ma perché sempre a me?".

Partendo dal presupposto che la nostra mente ragiona per immagini, se io dico quello che *non* voglio, ho creato l'immagine opposta a quello che in realtà voglio. Di conseguenza il mio cervello, vedendo quell'immagine, si attiverà per attrarre quello che vede, con risultato ovviamente lontano da quello che desidero. È fondamentale, e necessario, saper guidare la nostra mente a trasmettere le immagini giuste per poterci muovere nella loro direzione. Gli obbiettivi nel nostro cervello sono immagini o filmati di ciò che vogliamo ottenere, rispondono alla domanda: "*Cosa vuoi*?".

Il primo parametro tecnico di cui ha bisogno l'obbiettivo è, quindi, l'*espressione in positivo*.

L'espressione in positivo ci fa identificare in maniera chiara "... *cosa vuoi ottenere, evita di dirmi ciò che vuoi evitare, dimmi cosa vuoi realmente*".

Questo parametro è fondamentale anche nella comunicazione, perché quando iniziamo a dire ciò che vogliamo, diventiamo più concreti e più diretti.

Dato che, come abbiamo detto, il cervello ragiona per immagini, occorre aggiungere i dettagli per rendere ancora più specifica, chiara, concreta e vivida la figura o il filmato che sto creando nella mia mente.

Rendere questo obbiettivo concreto, stimolante e basato su esperienze sensoriali, aiuta a sapere bene quando e cosa voglio che accada.

Concreto perché la nostra mente vuole concretezza, ha bisogno di questa risorsa per permetterci di sapere che stiamo raggiungendo qualcosa di reale.

Stimolante perché la nostra mente ha bisogno di essere spronata al miglioramento, permettendoci un'evoluzione che ci farà stare sempre meglio.

Infine deve essere basato su *esperienze sensoriali*: la mente vuole sapere quando e cosa mi farà toccare il mio obbiettivo e mi darà la certezza di averlo raggiunto.

Il secondo parametro tecnico, si può quindi riassumere così: obbiettivo concreto, stimolante, basato su esperienze sensoriali.

Un altro parametro veramente fondamentale è aggiungere una *data di scadenza* nel raggiungimento dell'obbiettivo. Il cervello è "pigro" e se può rimandare lo fa: tende sempre a rimanere nel "comodo". Dandoci delle date di scadenza, lo spingiamo ad attivarsi e farci agire nel momento attuale, creandoci un set di azioni quotidiane che ci permettono di raggiungere ciò che vogliamo.

Un grande vantaggio di questo parametro è che ci armonizza con il *tempo* (unica risorsa che va solo in avanti) portandoci a sentirci meglio, a cancellare le preoccupazioni e ad entrare in un processo di preparazione attiva ed energetica focalizzate sul presente. Ne riparleremo alla fine del capitolo.

Il terzo parametro tecnico di un obbiettivo è: datti una data di scadenza.

Il quarto parametro è il *"dipende da me"*. Ciò significa che l'obbiettivo è basato solamente su di me e su ciò che <u>io posso fare</u>. La differenza fondamentale tra risultato e obbiettivo, passa proprio da questo dettaglio.

Molto spesso vengono da me squadre affermando che, come obbiettivo, hanno la vittoria di un campionato. Li fermo subito dicendo: "Questo non è un obbiettivo", lasciandoli così a bocca aperta.

Aggiungo: "Non è un obbiettivo perché non dipende solamente da voi stessi". Infatti esistono delle variabili esterne che possono compromettere quello che queste persone credono sia l'obbiettivo. Ciò che è certo è che concentrandoci nel raggiungere i nostri obbiettivi, influenzeremo anche il risultato, perché esprimeremo la migliore versione di noi stessi, dando giovamento anche a chi ci circonda. Per poter avere, dunque, più possibilità di arrivare al risultato, bisogna chiedersi: *"Quali sono gli obbiettivi di squadra e personali da raggiungere per avere un vantaggio sugli altri"*.

Proprio questa è la strategia che ho utilizzato con una squadra di vela, arrivando a far loro sostituire il "vincere il campionato" con "l'ottimizzare le manovre in tot secondi e curare la comunicazione all'interno dell'equipaggio durante le manovre".

Questa nuova frase rispetta la regola del *"dipende da me/ noi"* .

L'ultima specifica è l'*ecologia*. Ciò significa che al raggiungimento dell'obbiettivo, oltre a te, anche il tuo ambiente avrà un beneficio perché tu, essendo migliorato come persona, saprai influire in maniera positiva su chi ti circonda.

Per poter essere *ecologico*, l'obbiettivo ha bisogno di rispondere a quattro domande:

- Cosa ti darà raggiungere l'obbiettivo? (PREMIO EMOTIVO)
- Cosa ti darà non raggiungere l'obbiettivo? (LE SCUSE CHE TI DAI)
- Cosa ti toglie raggiungere l'obbiettivo? (SACRIFICIO)
- Cosa ti toglie non raggiungere l'obiettivo? (LEVA DEL DOLORE)

Immagina di essere su una sedia al centro di una stanza, fuori dalla porta c'è un milione di euro con il tuo nome: il *premio* è il milione di euro.

Le *scuse che ti dai* sono: "è fuori dalla porta… e se poi apro la porta e non c'è nulla.. io qui sto comodo.. non mi va.. eccetera".

Il *sacrificio* che fai è alzarti dalla sedia, camminare, aprire la porta e raggiungere ciò che vuoi.

La *leva del dolore* è sapere che se tu non ti alzi ora, qualcun altro prenderà quello che è tuo e tu non avrai mai quello che meriti. Quindi usi la leva del dolore per poterti alzare immediatamente, togliendo tutte le scuse (per questo quando rifletti e poi scrivi la tua leva del dolore, vai forte: fai in modo di voler schizzare via dalle situazioni che ti tengono comodo ma senza successo). Vivi il sacrificio con dinamicità e vai a prenderti il *tuo premio*.

Ricorda: <u>vivi nello scomodo e premiati con qualche comodità</u>.

Hai appena realizzato il primo passo per raggiungere il tuo obiettivo, quindi, *ALZATI DA QUELLA SEDIA*!!

Mentre Giorgia ascoltava, notai che riusciva ad entrare in quest'ottica: e rimase per circa 15 minuti a scrivere i suoi obbiettivi, cullata dai suoni della natura.

Scritti gli obbiettivi Principali, siamo andati a stilare il *piano d'azione quotidiano*, cioè il mix di tutte le azioni quotidiane che l'avrebbero diretta verso gli obbiettivi. Mi ha detto: "Ne abbiamo di strada da fare" e, insieme, con un cenno di intesa abbiamo esclamato: "Ora avanti tutta".

IL PREMIARSI

Un grande shock positivo che comunicai a Giorgia è stato il fatto di doversi premiare ogni volta raggiunto l'obbiettivo (e se hai obbiettivi quotidiani, hai anche premi quotidiani). Alla domanda: "Cosa puoi prenderti come premio?", lei mi disse: "Ah, perché mi devo premiare? Non lo so". Una cosa che sto notando molto spesso fra gli sportivi professionisti, anche di altissimo livello, è l'assenza totale di premiarsi per tutto il sacrificio quotidiano.

Sul medio e lungo periodo questa assenza di *auto-valorizzazione* conduce ad un calo importante di motivazione, di stimoli a fare e, qualche volta, all'abbandono dello sport.

Darsi un *premio* al raggiungimento dell'obbiettivo porta tre benefici fondamentali:

1   Ti stimola a fare nei giorni in cui hai poca, o zero, voglia. Sai che, facendo il tuo anche oggi, ti valorizzerai: e, quindi, rispetto ad un ipotetico "non faccio nulla", avrai ottenuto una crescita.

2   Premiandoti, il tuo inconscio ti rilascia endorfine che incrementano il tuo stato d'animo, che, a sua volta, ti fa sentire più appagato.

3   Raggiunto l'obbiettivo e preso il premio, il cervello ti chiederà un obbiettivo più grande con agganciato un

premio più grande: questo permette di generare una crescita di altissimo livello.

Una cosa che io consiglio riguardo ai premi è prenderseli in contesti diversi dal tuo obbiettivo, esempio banale può essere: faccio una corsa e mi prendo il premio di guardarmi una puntata di una serie tivù che mi piace, oppure di fare una telefonata ad una persona cara.

Fai in modo di vivere a 360°, così da poter far crescere ogni area fondamentale della vita.

Piano D'Azione Quotidiano

L'obbiettivo ci da il traguardo che vogliamo raggiungere, il piano d'azione ci responsabilizza sul presente con questa domanda: "Quali sono tre azioni che posso fare *ora* per avvicinarmi al mio obiettivo?".

Quando hai scritto il tuo obbiettivo con tutti i parametri corretti, devi porti questa domanda per sviluppare delle azioni giornaliere che ti condurranno, a passi spediti, verso la meta.

Trovare la risposta ti spingerà ad agire ogni giorno per poterti sentire sempre più responsabile.

Per massimizzare il processo di *piano d'azione*, fai in modo che dal macro obbiettivo tu possa trarre dei micro obbiettivi quotidiani, così da poter vivere con consapevolezza e azione l'oggi (il momento attuale).

Tenendo alta la motivazione guardando al prossimo micro-obbiettivo che hai bisogno di raggiungere, avendo premi quotidiani da darti costantemente e sentendoti realizzato ogni giorno, permetterai al tuo inconscio di creare un'abitudine che ti guiderà, giorno per giorno, ad essere sempre più felice, più soddisfatto e costantemente pronto al sacrificio. Cosi facendo, ti preparerai in maniera completa verso i tuoi macro-obbiettivi, come lo scalare

una montagna: guarda semplicemente il prossimo passo
da fare e ben presto ti ritroverai in cima.

TU, COSA COMPRI AL SUPERMERCATO?

Lungo la strada che percorriamo, incontriamo un sacco di persone. Fa non solo parte del lavoro che facciamo, ma della vita quotidiana di ogni singolo individuo. Ci facciamo influenzare, scambiamo opinioni, ascoltiamo idee, a volte le facciamo nostre e altre le lasciamo andare. Spesso non ci rendiamo conto di quanto anche solo la persona che ci sta seduta accanto in autobus possa avere un posto nella nostra mente. Capita inconsciamente, capita di proposito, a volte basta un semplice sguardo a farci chiedere, dubitare o a farci sentire invincibili.
È il potere che decidiamo di dare agli altri e togliere a noi stessi.
Trovo incredibile ora essere qui a scrivere queste parole dopo mesi di lavoro, ed accorgermi come, anche in questo, io sia tremendamente cambiata. Come ora riesca a decidere da sola, da chi farmi, o meno, guidare nei pensieri.

Essere sportivi è un privilegio riconosciuto, del quale mi sento estremamente fortunata e che voglio godermi fino in fondo. La palla a spicchi è la mia passione e il mio primo amore. Quello che, spesso, non viene compreso dall'esterno è quanta fatica richieda saper gestire le opinioni di tutti.
Io, per esempio, fin da piccolina sono stata... "catalogata": dicevano che ero un fenomeno e che avrei fatto strada. La cosa mi faceva ovviamente piacere, era bello sentire quelle parole, ma, dentro di me, inconsciamente erano nate aspettative concepite da un'entità esterna. Fin da subito l'opinione altrui era diventata, in realtà, l'unica cosa che m'interessava. In

tutto quello che portavo avanti, il risultato veniva influenzato dai feedback che ricevevo dagli altri.

Credo capiti a tanti sportivi di non riuscire a comprendere l'importanza di saper gestire le informazioni che arrivano dall'esterno. Ricordo, in passato, di aver letto un'intervista di Micheal Jordan, che diceva qualcosa come "...se non leggo i giornali quando faccio bene, perché dovrei leggerli quando faccio male?". Anche se, al momento, non la capivo del tutto, questa frase mi era da subito sembrata molto sensata. Ora invece ne comprendo il senso nella sua pienezza.

Non capita dal giorno alla notte: quando si è abituati ad ascoltare sempre tutto e tutti, soprattutto quanto viene detto di negativo, il percorso per ascoltare in primis se stessi è decisamente arduo. Mi ci è voluto davvero tanto, e a volte ancora cado in fallo.

La paura, che avevo di deludere tutti quelli accanto a me, aveva sempre la meglio. Se facevo bene, era normale, se facevo male, invece, era crisi. Era crisi soprattutto perché, prima di addormentarmi la sera, l'unica domanda che riuscivo a farmi era: "Chissà cosa pensano ora gli altri di me".

Il lavoro fatto con Gabri mi ha invece completamente cambiato il modo di affrontare i pensieri altrui. Così da renderli estremamente utili a me stessa. Così da trasformarli in qualcosa di produttivo. Prima ero un po' come una persona che va al supermercato e non sa cosa comprare, prendevo un po' di tutto, anche quelle cose che sapevo essere nocive per la mia salute. Buttavo tutto dentro lo stesso carrello e poi, alla fine, pagavo un prezzo davvero eccessivo rispetto a quanto avrei poi mangiato. Ora seleziono, decido e so cosa prendere: so esattamente quello che è buono e quello che è cattivo per la mia salute, divido e metto in due carrelli totalmente diversi. Al momento di pagare tengo solo quello che poi so mi sarà utile: certo, a volte nel carrello buono bisogna mettere anche quei cibi che non ci piacciono troppo, che sono pure un po' amari da mandare giù, ma che alla fine sai che ti faranno bene.

Ecco la referenza interna. Quella che per la maggior parte del tempo della mia vita avevo totalmente donato agli altri, permettendo a chiunque di avere un ruolo importante nei miei stati d'animo, spesso negativi.

ASCOLTO TUTTI, DECIDO IO

In ogni decisione che noi prendiamo entrano in contatto due forze, due influenze, due voci: quella interna e quella degli altri.

Essendo esseri umani, cioè "animali" sociali, costruiamo relazioni, entriamo in contatto con gli altri, ed è del tutto naturale che in questa interconnessione si possa cambiare, evolvere, rivoluzionare la propria idea e, qualche volta, anche la propria vita.

Molto spesso siamo inconsapevoli del fatto che siamo influenzati, nei pensieri come nelle azioni, e capita anche di non essere consapevoli sul come mai abbiamo deciso questo piuttosto che quello.

Nella mia formazione mi hanno insegnato che, quando prendiamo una decisione, la prendiamo valutando queste due *forze*: la nostra (_referenza interna_) e quella degli altri (_referenza esterna_).

Coloro che hanno una grande *referenza interna* prendono le decisioni ascoltando il loro interno, anche quando quelli che hanno attorno prendono una strada diversa.

Coloro che, invece, hanno una grande *referenza esterna*, sono propensi a seguire quello che fanno gli altri, tendono a fidarsi e decidono secondo questo flusso.

Il comune denominatore di queste due referenze è che, alla fine, siamo sempre _noi_ che decidiamo per noi stessi, anche se per prendere una decisione consapevole e certa è necessario trarre il massimo da entrambe le parti.

È infatti l'unione di queste due forze che ci permette una crescita costante, e di scegliere le strade migliori.

Una persona che è solamente referente interna, per quanto agli occhi altrui possa sembrare risoluta e decisa, è una persona che manca della capacità di farsi aiutare: perché, faticando ad ascoltare gli altri, rimarrà radicata nelle proprie idee, rischiando di perdere molte opportunità e creandosi frustrazione perché nessuno l'ascolta, le parla e la rispetta. Chi, d'altronde, vuole accanto una persona che pensa sempre e solo che la sua idea è quella giusta?

Dall'altra parte, la persona che decide sempre e solo fidandosi dell'opinione altrui rischia di vivere la vita che gli altri vogliono, spingendola lontana dalla felicità e dall'appagamento personale.

Essere persone consapevoli significa saper prendere la miglior decisione, vagliando sia la referenza interna che quella esterna: accettando consigli e assorbendo informazioni di qualità, si ha come ulteriore beneficio quello di potenziare la propria persona.

Quindi, chiunque abbia un opinione può permettersi di dirci qualcosa? La risposta è NO. Abbiamo infatti il *diritto*, per me dovere, di crearci un nostro *gruppo di pari*, ossia un gruppo ristretto di persone che, per definizione, possono aprire il frigorifero di casa nostra in assoluta libertà. Ovviamente questo non tutti possono farlo, giusto?

Siamo noi a decidere chi includere in questo nostro gruppo, siamo noi che dobbiamo prenderci la responsabilità di scegliere chi è meglio per noi, ricordandoci che se siamo persone di *valore* (referenza interna) dobbiamo circondarci di persone di *valore* (referenza esterna).

Immagina ora la tua vita solo con le persone del tuo gruppo di pari: mettici le persone che hanno valore per te e che sai essere positive per la tua esistenza. Sposta fuori dal cerchio tutti quelli che, fino ad ora, hanno portato negatività, consigli futili, opinioni depotenzianti. Nel cerchio ora, avendo messo solo ciò che hai deciso tu, sicuramente ti sentirai più stabile, in equilibrio, e felice.

Con Giorgia questo è stato un grande passaggio, perché spesso notavo che il suo stato d'animo e le sue scelte non derivavano dai risultati ma da altro. Ora, invece, è più padrona della sua vita. È stato un percorso impegnativo, perché per trovare la giusta distanza e i giusti filtri per assimilare solo il bene, c'è bisogno di costante allenamento. Per prendere le decisioni in assoluta libertà occorre tanta referenza interna, capacità che lei ha sviluppato in maniera autorevole, e questo la porta ora ad essere riconosciuta come una *leader che sa guidare e farsi guidare:* in questo ha piena armonia.

COME TI SENTI OGGI?

Per quanto mi riguarda, questo è il capitolo della svolta. Ma credo lo possa essere per ognuno di noi, anzi, quasi certamente lo è per ognuno di noi.

Ricordo bene il giorno in cui Gabriele, seduto al tavolo di casa mia, cominciò a scrivere su un post-it. Mi chiedevo silenziosamente cosa stesse facendo, ed ero completamente ignara del fatto che stava per mostrarmi qualcosa che avrebbe cambiato completamente il mio modo di pensare le cose.

Tra tutte le cose che ho imparato in questo lungo percorso, più di qualche volta ho pensato di tatuarmi il quadrato dello stato d'animo nel corpo, per non dimenticarmene mai.

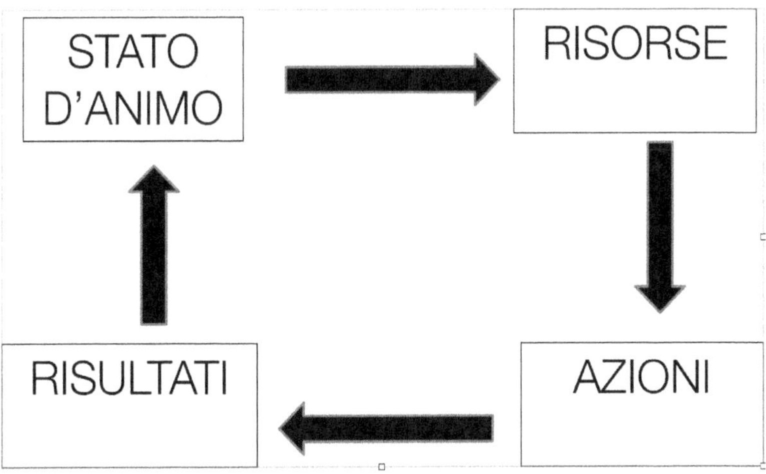

Non appena finito di "disegnare" questo schema, me lo mette davanti al viso, lo guardo e penso: cos'è? Non conoscevo le sigle che aveva usato, e certo non ero pronta a comprenderle d'intuizione. Cosi, mezzo ridendo, chiedo a Gabriele di spiegarmi.

Tutta la mia vita (o una grandissima parte), come la tua che leggi, ruota attorno al nostro Stato d'animo (SD). Nei giorni in cui mi svegliavo felice e gioiosa, ogni cosa mi sembrava facile. Nei giorni in cui mi svegliavo più triste, anche uscire dal letto sembrava impresa titanica. Era lo stato d'animo a decidere per me, in base ai sentimenti che provavo, prendeva strade diverse e guidava la mia macchina. C'erano dei giorni in cui entravo in palestra e volevo "uccidere" chiunque fosse li: dal custode alla compagna. Solo e unicamente perché mi ero svegliata cosi.
Ho iniziato a cambiare il mio modo di vivere quando ho capito che i miei stati d'animo erano governabili. Potevo decidere io se vivere la giornata incazzata, oppure svoltarla e viverla al meglio. Certo, non funzionava a schiocco di dita. Nelle svariate coaching che ho fatto, Gabriele mi ha fornito le armi necessarie per combattere. Andare in guerra contro gli stati d'animo senza aver delle Risorse (Ris) a cui attingere, sarebbe un po' come provare a piantare un fiore nel deserto. La cosa più incredibile è che avendo le risorse giuste, tutto il quadro cambia colore. Si sentono le cose in modo diverso, si vivono al comando e non come passeggero.
Nel preciso istante in cui ho imparato ad utilizzare i mezzi che mi erano stati messi a disposizione, che sono già dentro di noi solo che non sappiamo di averli, è cambiato anche il mio modo di Agire (Azioni): mentre prima, in certi momenti, volevo letteralmente "dare fuoco" a chiunque, e lo esprimevo liberamente anche a parole, poi ho

cominciato a star bene in ogni situazione, a controllarmi, a prenderla magari con un sorriso.

Dio solo sa quante volte, nei riscaldamenti pre-allenamento che erano sempre uguali, imprecavo senza sosta contro il vice allenatore. Dicevo le peggiori cose. Non trovavo nessun senso in ogni cosa che facevo. Non mi rendevo conto che la prima persona a rimetterci nel fare cosi ero io, e solo io. Una volta capito che era nelle mie mani il mio stesso stato d'animo, ho portato l'attenzione su di me: non mi chiedevo più "perché stiamo facendo questo esercizio?", ma mi chiedevo "come posso farlo al meglio?". Ho smesso così, quasi da un giorno all'altro, di maledire gli altri per apprezzare quello che stavo facendo.

E così cominciarono a cambiare anche i Risultati: ho alzato la mia qualità negli allenamenti, ho portato l'attenzione ad un livello che non avevo mai avuto, col risultato, soprattutto, di vivere decisamente più serena.

Molte persone, nel corso del tempo, sono venute a dirmi quanto avessero notato il mio cambiamento, e questa è una di quelle informazioni esterne che bisogna prendere e mettere nel carrello del necessario, perché indica che stai percorrendo la strada giusta: è benzina buona per i momenti in cui sembra tutto davvero difficile.

Quando poi i risultati sono positivi, lo stato d'animo ne trae enorme beneficio, ed ecco come si chiude il cerchio.

Certo, ci sono giorni nei quali qualcuno ci mette il bastone tra le ruote, e certi altri in cui fattori esterni, fuori dal nostro controllo, ci offuscano la visuale sui nostri sentimenti, rendendo davvero complicata la ricerca delle nostre risorse migliori. Eppure sai che sono li: nei momenti peggiori ancora oggi mi affido a Gabri, che ormai conosce talmente bene dove metto le mie armi che è facile per lui il compito di indirizzare il mio sguardo proprio lì.

Per quanto assurdo e troppo semplice possa sembrare, ruota tutto attorno a quello che proviamo: le nostre scelte sono guidate dai nostri sentimenti, e per me è sorprendente capire come, davanti allo stesso incrocio, prenderei strade completamente opposte se mi basassi solo e unicamente su cosa sento in quel preciso istante.

IL CUORE DELLA POTENZA UMANA

In ogni percorso di crescita, quando si arriva alla parte dello *"stato d'animo"* e come guidarlo per essere realizzati e felici, noto che le persone letteralmente iniziano ad illuminarsi di luce propria scoprendo quanto hanno dentro loro stesse.

Capitò così anche con Giorgia, quella mattina quando le spiegai i presupposti e il come gestire il proprio stato d'animo.

Per uno sportivo, attivare i migliori stati d'animo prima di allenamenti o gare è fondamentale: saper convertire le energie che la vita ti dà, in modo da farti sentire pronto, è uno strumento che costruisce i campioni, nello sport come nella vita.

In principio, che cosa è lo stato d'animo?

Definizione: lo stato d'animo è come uno si sente in uno specifico momento, quindi *lo stato d'animo cambia costantemente*.

Cambiando costantemente è ovvio che lo stato d'animo sia lontano da essere ciò che siamo, ossia la nostra identità. Ci sono infatti persone che si comportano male perché sono immerse in stati d'animo estremamente negativi e depotenzianti (la maggior parte delle volte è così), e non perché siano cattive persone. Nel valutare una persona, quindi, c'è da fare attenzione a questo aspetto.

Immagina di avere una pessima giornata e incontri per la prima volta qualcuno. Quel qualcuno, molto probabilmente, penserà di te come di una persona cupa, triste, forse burbera. Eppure, è solo "una giornata" iniziata magari col piede sbagliato. Il come noi stiamo, volenti o meno, condiziona tutta la nostra vita, dai pensieri alle azioni che quotidianamente facciamo e che influenzano i nostri risultati. Nel momento in cui diventiamo responsabili del nostro stato d'animo, anche quando staremo male sapremo come attivarci per stare bene. Per questo è importante saperlo gestire.

Sicuramente, come vediamo nel quadrato spiegato da Gio, il risultato condiziona il nostro stato d'animo. Quando le cose vanno bene, è normale sentirsi appagati, in quanto raggiungiamo ciò che vogliamo. Il difficile ed importante, è restare sul pezzo quando non raggiungiamo ciò che ci eravamo prefissati.
Come prima cosa è fondamentale, lo abbiamo visto nei capitoli precedenti, saper comunicare il non raggiungimento di un obbiettivo: per quanto inconsciamente, *ciò che comunichiamo a noi stessi ha valenza enorme*. Ecco perché dire "non ho *ancora* raggiunto l'obbiettivo" cambia tutta la prospettiva: così facendo il nostro cervello rimane attivo come all'inizio e focalizzato su ciò che vuole raggiungere. Dopodiché è importante analizzare quanto e cosa ci manca per raggiungere il risultato che vogliamo, in modo da capire quali sono le aree di miglioramento. Una volta presa coscienza di questo, noteremo che il nostro stato d'animo ne trae un enorme beneficio, perché il *fallimento* viene, in realtà, usato come *insegnamento*. Possiamo dunque dire che ogni errore in realtà è un nostro amico, perché ci sta facendo crescere e imparare sempre qualcosa in più.

Ci sono momenti, invece, in cui il nostro stato d'animo è pessimo, a prescindere da un risultato ottenuto o meno: passa una canzone che ci ricorda qualcosa di triste, vediamo un'immagine che ci fa arrabbiare, o, semplicemente, durante la notte abbiamo avuto qualche incubo. Qui, ovviamente, la tecnica dell'alimentare lo stato d'animo imparando dagli errori non trova spazio, o, almeno, non nel modo descritto sopra. Allo stesso modo, però, possiamo spostare il nostro focus mentale senza sbattere la testa di continuo contro lo stesso muro.

Il *focus mentale* è dove dirigiamo i nostri pensieri: e, dove dirigiamo i nostri pensieri, facciamo dirigere anche il nostro stato d'animo. Certo sarebbe folle pretendere di sentirsi carichi se pensassimo continuamente a qualcosa che ci depotenzia, che ci rende cupi. Avere pensieri di qualità, indirizzati su cose che ci fanno stare bene, è guidare il nostro stato d'animo ad essere migliore.

Un veloce esercizio che puoi fare quando ti senti negativo è questo: quando alla sera ti metti a letto, pensa a tre cose positive che hai fatto o che ti sono successe durante la giornata. Ricordatele. Al mattino, quando ti svegli, prenditi 20 secondi per rivivertele una seconda volta. Ne trarrai subito beneficio.

Come ultima cosa, per quanto in un primo momento possa sembrarvi strano, a condizionare il nostro stato d'animo è anche la *fisiologia* (postura, respiro, espressioni facciali) del nostro corpo. Per quanto spesso ignoriamo questo fattore, è importante ricordarsi che il corpo dice sempre la verità, e c'è una connessione importantissima tra il come ci sentiamo e il come ci mostriamo fisiologicamente parlando. Questa connessione si chiama *coerenza*.

Quando siamo tristi, se ci fermassimo davanti ad uno specchio, noteremmo come la nostra fisiologia sia pesante: spalle basse, broncio, respiro stanco. Eppure, se in quello stesso istante ci mettessimo belli bilanciati per terra, con le spalle alte e aperte, respirando in modo energetico, col mento all'insù e un bel sorriso in faccia, in meno di due minuti il corpo condizionerebbe la mente, perché la coerenza funziona in modo bidirezionale. È certamente vero che la mente condiziona il corpo, tanto quanto è vero che il corpo condiziona la mente.

OTTO SECONDI?

È cosa normale e appurata che, nella vita di qualsiasi atleta, prima o poi si debba fare i conti con qualche sconfitta. Ho giocato con una miriade di giocatrici e avuto la fortuna di conoscere un sacco di persone di altri sport, ma devo ancora conoscere qualcuno che non abbia perso almeno una gara, importante o meno che fosse. Spesso le sconfitte fanno male, a volte ti piegano per un po'.
Io avevo un modo tutto mio di vivere i miei fallimenti: pensavo che più soffrivo, più stavo dando importanza alla sconfitta. Cosi passavo troppo tempo a mettere la testa nelle cose che avevo sbagliato, continuando a darmi contro e a sminuirmi drasticamente. Era il mio modo contorto per far capire a me stessa che "m'importava". Cercavo ogni modo possibile per sentire dolore, generalmente piangendomi addosso. Poi il giorno dopo mi svegliavo, ed era tutto come prima. Mi sentivo a posto, perché tanto avevo pagato il mio prezzo per la sconfitta con qualche lacrima. Ma poi? Poi cosa avevo imparato? Niente. Solo un misero modo per restare esattamente com'ero.
Alla stessa maniera, nelle vittorie, davo a me stessa il piacere della soddisfazione, sentendomi fiera di aver raggiunto il traguardo, fregandomene di come, cosa e perché. Cosi, dopo la vittoria magari di uno scudetto, mi svegliavo e in mano avevo solo una medaglia. E io ero semplicemente la stessa della sera prima.

Se ora penso al modo che avevo di approcciarmi alla sconfitta, cosi come alla vittoria, mi si disegna nel volto un sorriso tenero, quello che si fa ai bambini quando non capiscono qualcosa. Se avessi davanti la me di qualche anno fa, le darei una pacca sulla spalla.

Nel mio percorso di crescita con Gabri, questo è stato un passo fondamentale per il mio miglioramento. Il capire come elaborare un evento, come guardarlo, come sentirlo dentro e come poi andare oltre.

So che forse suonerà strano, ma ora non cerco più di sentire dolore dopo una partita persa, lo sento e basta. Lo sento, perché ho costruito la mia consapevolezza sul lavoro che faccio e, nel momento in cui finisco una partita, so già quello che devo sapere. Non ho bisogno di insultarmi o pensare di essere la peggior giocatrice per sentire il dispiacere di aver perso. Questo riguarda chi è inconsapevole di quello che sta facendo, e io lo sono stata per troppo tempo.

Gabri mi ha sempre detto che ogni evento negativo/positivo porta con sé degli insegnamenti che noi dobbiamo essere in grado di cogliere: altrimenti restano li, sospesi in aria, e ti verranno sempre riproposti finché non li prendi.

Ci ho messo tanto a capire questa lezione, perché dentro di me era radicata la convinzione che, con la sconfitta, doveva sempre esserci sconforto. Non fraintendetemi, non è che ora festeggio quando perdo o quando gioco una partita al di sotto delle mie possibilità. Anzi, forse ora ne soffro in modo più consapevole. Ma, allo stesso tempo, in me c'è la voglia di capire, la voglia di migliorare, la voglia di cercare l'errore per poi metterlo a posto in allenamento e far si che, se mi si ripresenta la stessa situazione, io possa riconoscerla e risolverla. In questo modo, riesco a prendere come positivo anche qualcosa di negativo, perché ne faccio un uso mirato al mio miglioramento. Mentre se mi capita qualcosa di buono, lo prendo e lo tengo stretto per rendermi consapevole di quello che so fare.

Forse per molti di voi può sembrare strano - per me lo è stato - il voler considerare ogni evento come un qualcosa di positivo. A volte è più semplice, altre un po' meno.

Era l'estate degli Europei 2017, quando io e le mie compagne siamo state eliminate dalla corsa al Mondiale per un fallo antisportivo, decisamente dubbio, fischiato a pochi secondi dalla fine. Il mondo ci è crollato addosso. Tutto il lavoro fatto nei due anni precedenti se n'era andato in una frazione di secondo. Ricordo le lacrime, ricordo la rabbia provocata da un'ingiustizia, ricordo il cestino che presi a calci, fino a distruggerlo, negli spogliatoi. Ricordo le voci felici delle ragazze della Lettonia, che nello spogliatoio accanto festeggiavano la qualificazione al Mondiale. Ricordo quello che sentivo, quella notte, stesa nel letto della mia camera buia: nulla, non sentivo nulla. Dentro me c'era il vuoto più totale, nessun male, nessun bene, ero anestetizzata. Fissavo il soffitto e provavo un senso di vuoto spiazzante. Non so quanti possano capire questo "sentire dentro", non so nemmeno se son l'unica ad aver provato questa sensazione di anestesia totale dei sentimenti. Ci son sconfitte e sconfitte. E quella era una sconfitta con la "S" maiuscola, una di quelle che ti fanno provare cose che non puoi descrivere, che capisci interamente solo quando le vivi. Passai una notte in bianco, a chattare con Gabri, cercando di tirar fuori qualcosa di quello che avevo dentro. Ma avevo poco.
Eppure il giorno dopo c'era un'altra partita da giocare, una di quelle che non contano nulla, eppure devi

scendere in campo comunque. Chi aveva voglia? Io, di certo, no.

Nel vuoto cosmico che sentivo, solo la stanchezza riusciva a farsi spazio: e l'idea di dovermi riallacciare le scarpe, a poche ore di distanza da una sconfitta importante, equivaleva a mettermi sulle spalle un peso di una tonnellata.

Nella conversazione con Gabri, in quella notte insonne, mandai, via whatsapp, un cuore nero. Io, che il cuore l'ho sempre avuto blu: però quella notte era nero. Ma più parlavamo, più riuscivo lentamente a staccarmi e a vivermi un po' come da fuori. Sperimentavo, forse per la prima volta, la dissociazione. Come se stessi guardando un film, solo che quello che vedevo era il mio film.

Con l'aiuto di Gabri riuscii a spostare la mia attenzione: e ciò che mi scorreva nella mente non era più quel fischio assurdo, ma tutto il percorso che avevo fatto con le mie compagne. Vedevo i giorni di allenamento, qualche serata libera e trascorsa a mangiare assieme una pizza, le facce delle ragazze che erano state tagliate appena prima della partenza per l'Europeo. Vedevo le partite che avevamo giocato e vinto, l'attenzione e l'entusiasmo che avevamo suscitato per il nostro "metterci il cuore". Vedevo l'unione incredibile che si era formata all'interno della squadra, tra noi e lo staff. Mi resi conto che, forse, qualcuno ci aveva portato via un Mondiale, ma quello che era stato fatto e creato sarebbe rimasto. Perché lo avevamo meritato.

La voglia di giocare, il giorno dopo, era ancora poca, ma c'era. E la motivazione era in quel cuore blu che sento di avere dentro. La motivazione era che non volevo lasciare niente in sospeso, volevo scendere in campo e onorare la maglia che indossavo, anche se la partita "non contava niente". Forse perché, per me, quella partita apriva già un nuovo capitolo, un nuovo percorso.

Mi è capitato altre volte di dover giocare incontri inutili e so per certo che, prima di allora, non ero mai riuscita a scendere in campo comunque motivata.

Nei giorni successivi all'Europeo, tutto ciò di cui si parlava era quel fischio. Ovunque. Così, a discapito mio e del mio fegato, decisi di aprire il mio bel computer e riguardarmi quegli ultimi secondi. Perché è così che, poi, riesco a rendermi conto delle cose, ed è così che imparo qualcosa in più. Confermo: il fischio è stato ingiusto, per il contesto e il momento. Ma questa è una cosa che non sta a me dire e valutare. Ciò che invece ho visto, è che noi avevamo ancora 8 secondi da giocare. Otto secondi per andare al Mondiale. Otto secondi che abbiamo sprecato, perché ci siamo sentite derubate. Tutti, ancora oggi, parlano di quel fischio. E, mentre tutti parlano di quel fischio, nella mia mente gira sempre lo stesso pensiero: "Si, ma avevamo 8 secondi per vincere".

Riguardando quegli istanti, ho imparato certamente di più rispetto a quando li avevo vissuti in prima persona. Perché nel momento topico, quando si è travolti dall'emozione, si vede solo parte di quello che effettivamente è.

Per me è stata una svolta importante. È stato come guardare l'altra faccia della medaglia, per girarla sempre a favore mio, nonostante tutto. Mi ha spinto ad avere fame, ancora più fame, di migliorare e di capire anche lì, dove sembrava non ci fosse nulla da capire. Cercando sempre di alzare un pochino l'asticella e guardando sempre un po' più in su.

Concludo con una frase che mi diceva sempre Gabri: NON ESISTE SCONFITTA, SOLO INSEGNAMENTO.

LA VITA È MIA

La vita è ricca di eventi, alcuni sono successi, altri sono insegnamenti.

A questo punto della lettura questa frase acquisisce un significato concreto, perché è intrinseca agli argomenti sviluppati in precedenza. C'è un lavoro sul focus, in quanto trovare il buono nelle varie situazioni è la capacità di dirigere l'attenzione verso ciò che voglio; c'è un lavoro sugli obbiettivi, perché dipende da me trovare i passi che ho bisogno di fare analizzando l'esperienza o l'evento; infine, è anche una convinzione potenziante, in quanto mi supporta tantissimo per guardare al presente e al futuro con nuova spinta.

Potresti anche pensare che non sia possibile considerare tutti gli eventi come positivi, ci sono degli eventi che, nella loro drammaticità, non sembra abbiano avere qualcosa di positivo.

Ti chiedo di pensare a qualcuno che conosci, qualcuno che ha incontrato tante difficoltà nella vita e ogni volta le ha superate, anche quando sembrava impossibile. Storie di questo genere sono all'ordine del giorno, purtroppo i telegiornali e i giornali ne parlano estremamente di rado, ma ci sono. È una nostra responsabilità trovare queste storie e custodirle, così da poterne trarre le giuste energie. Smettendola di lamentarci (perdita di tempo totale, che abbassa la nostra capacità di risolvere le situazioni e vivere felici). Queste storie, inoltre, sono esempi di speranza, soprattutto quando nella nostra vita capitano eventi impegnativi: così da rimanere belli concentrati e fiduciosi, nonostante tutto.

Altro beneficio importante è quello di rompere uno schema ciclico, perché fino a quando noi non impariamo gli insegnamenti, la *vita* (saggia ed onesta insegnante) ci riproporrà situazioni analoghe a quella che abbiamo appena incontrato.

Ti sarà capitato di ricadere in un circolo vizioso in cui le situazioni finiscono sempre nella stessa maniera, molto spesso al contrario di quella che avremmo voluto, e di rimanerci male. Questo è come agisce la vita: prima ti fa l'esame, se sei attento impari la lezione, e la prossima volta superi brillantemente l'esperienza, perché sei maturato da essa.

Immagina che, davanti a te, ci sia una strada, lastricata di immagini di esperienze che capitano nella vita di ognuno. Tu, nel tuo camminare in avanti, entri in queste immagini, vivendole. In quelle che vivi, interiorizzi e impari, riesci ad attraversarle con facilità e superarle. Mentre quelle esperienze in cui fai resistenza (molto spesso inconscia), usano il tuo corpo per rimbalzare davanti a te. Se nel brevissimo tempo ti sembra che non ci siano più, dandoti l'illusione di averle superate, poco dopo te le ritrovi ancora davanti.

Vivere questa convinzione ci porta ad avere un atteggiamento molto incentrato sul presente, ad avere un focus che ci conduce a interiorizzare ciò che stiamo vivendo, aprendoci ad un futuro ricco dei nostri nuovi obbiettivi e alla crescita che ci aiuterà a vivere felici e realizzati. Crea armonia in tutta la nostra storia, in quanto le esperienze del passato si sono trasformate in utili suggerimenti, insegnamenti e risorse che puoi vivere appieno nel presente.

Unire passato, presente e futuro, creando armonia nella propria storia, porta tanto benessere e pace interiore.

Saper avere uno sguardo benevolo su tutta la propria vita è segno di grande maturità, perché ci concede l'occasione di vivere in maniera autentica le emozioni, in un equilibrio saldo. Chiuderemo quelle esperienze del passato che hanno bisogno di essere chiuse e terremo, a grandezza necessaria, le nostre splendide conquiste che ci ricordano una

grande verità: "TU CE LA FAI!" e "PUOI RIUSCIRCI!".
Liberarsi dal passato per vivere un futuro migliore è una grande libertà, degna di chi vive il presente, di chi impara, sbaglia e vince le sfide della vita.

Studiando la vita delle persone di successo, sono rarissimi i casi di persone che non siano state resilienti nella loro vita, persone che spesso hanno sopportato o subito situazioni veramente difficili; ma quando leggi qualche intervista o segui qualche loro discorso dal vivo, queste persone, che hanno fatto pace con quel passato, dicono: "Ringrazio quella esperienza perché mi ha fortificato". Hanno interiorizzato che vivere con gratitudine il miglioramento, davanti a quell'evento, è una ricchezza che li sosterrà per il resto della vita.
OGNI EVENTO È POSITIVO, è una splendida occasione per mettere nuova luce sulla tua vita, amplificare le colonne sonore che ti accompagnano e accrescono le sensazioni vere e buone che sono in te e guidano ogni passo che fai.

Nello specifico, possiamo utilizzare varie tecniche per arrivare a questo obbiettivo: la prima è quella di ricordare l'esperienza come se scorresse nello schermo di un personal computer, dove possiamo mandare in avanti e indietro le immagini di noi stessi (quindi ne abbiamo piena responsabilità), guardandole da una posizione neutra, staccata. Vedendo noi stessi è più semplice verificare le nostre scelte e, nel caso, esporre soluzioni alternative.

Questo aiuta anche il focus: nel guardare, infatti, voglio riguardare *tutto* l'evento e questo mi aiuta a valutarmi globalmente e non solo rispetto ad una singola azione. Questa tecnica si chiama "*dissociazione*". Il vantaggio è quello che, mentre vedi te stesso da una posizione "esterna", le emozioni sono più leggere e puoi scorgere qualcosa di diverso rispetto a quando "rivivi" un ricordo in cui le emozioni affiorano con la stessa intensità.

A volte anche il "rivedersi" può suscitare emozioni intense e, in quel caso, occorre utilizzare una doppia dissociazione: sarà quindi come pensare di parlare con se stessi di qualcosa accaduto ad una terza persona, così da essere il più obbiettivi possibile e trovare soluzioni... d'altra parte siamo sempre veri e propri geni nel trovare e offrire soluzioni, soprattutto quando i problemi non ci riguardano.

Un'altra tecnica utilizzabile si chiama "*ristrutturazione*" e, come nell'edilizia, serve a ridare valore a qualcosa. Nel caso delle esperienze della nostra vita, essa può essere utilizzata per capire come un determinato comportamento, in altri contesti, possa rivelarsi utile. Prendiamo l'esempio di una bambina che dice molto spesso "no". Da un lato può risultare molto impegnativa per i genitori, mentre, se ristrutturiamo la cosa, possiamo pensare che, davanti a richieste sconvenienti, sarà molto propensa a dire di no e, quindi, a prendere decisioni equilibrate nella propria vita. Ristrutturando, abbiamo portato la stessa bambina da essere un "impegno forte", ad essere un vantaggio per la sua vita.

Oppure la ristrutturazione può essere nel contenuto dell'esperienza. Come indicato prima, andando a ridefinire i contenuti con nuove etichette, possiamo modificare la percezione dell'esperienza stessa e far si che un'esperienza "fallimento" diventi un'esperienza "insegnamento" o esperienza "crescita". Il classico caso, per gli sportivi, è quello di una partita - o di un allenamento - andata male: la *ristrutturazione* ci permette di rendere quell'evento uno stimolo con la
volontà di pianificare il meglio per diventare sempre più forti.
Non è quello che succede: ma è ciò che noi facciamo, con quello che abbiamo, che ci permette di vivere in maniera responsabile.

Con Gio abbiamo affrontato molti di questi eventi: la sconfitta nella finale scudetto contro Lucca, i famosi 8 secondi dell'Europeo del 2017, la sconfitta con la Croazia nelle qualificazioni all'Europeo del 2019, e altri momenti sfidanti.
Abbiamo sempre voluto tirare fuori il meglio dalle esperienze.
Ricordo quando stava per giocare gara quattro della finale scudetto turca, le inviai la foto di lei piangente, in ginocchio, dopo aver perso con Lucca, e le scrissi: "Hai imparato, ora scrivi un'altra storia". Tutti sanno come è andata quella gara quattro… il lavoro fatto assieme ha raggiunto il suo culmine.
Di per sé l'esperienza non fa né bene né male, siamo noi a renderla buona o meno, è una nostra decisione: prendiamoci la responsabilità di farlo al meglio.

CHE PREMIO TI DAI?

Ho ricevuto tanti premi nella mia carriera. Vinto un bel po'
di scudetti, alzato svariate Coppe Italia e portato a casa
più di un paio di riconoscimenti come miglior giocatrice
(MVP). Nella maggior parte dei contratti sportivi - a volte
anche lavorativi - annesso al risultato da ottenere c'è,
quasi sempre, un premio. Più o meno grande. In base a
quanto valore "gli altri" ritengono giusto dare al risultato.
Onestamente non mi ero mai soffermata a chiedermi
perché esistessero questi "premi": li ho sempre
considerati degli extra che mi prendevo volentieri a
risultato ottenuto, ma senza mai perderci la testa.
Giocavo per altro, certo non per quelli.
Invece ora ho cambiato opinione nei confronti dei premi,
forse perché quel giorno, nel quale Gabri mi ha chiesto di
trovare un premio da dare a me stessa ad ogni obbiettivo
raggiunto, mi sono accorta dell'importanza che avevano.
Di fatto, pochi di noi sono abituati a premiarsi,
rinunciando così ad un grande compito che abbiamo
verso noi stessi: quello di prendere atto delle cose buone
che facciamo. Se avessi imparato prima a premiarmi da
sola, forse avrei apprezzato di più ogni piccolo traguardo
raggiunto. Io non sapevo premiarmi. Non sapevo
nemmeno dare una forma al mio premio. Non sapevo
decidere "quanto" darmi.
Ci ho messo tanto tempo, quella prima volta, a cercare
un premio per i miei obbiettivi. Avevo un piccolo premio
ogni volta che, in allenamento, facevo quello che era
importante fare; avevo un altro piccolo premio dopo le
vittorie; uno ancora per le vittorie un po' più importanti; e
poi uno finale se vincevo lo scudetto. Ad ogni cosa ho
imparato ad attribuire il valore - per me - corretto, a

capire quanto gratificante fosse finire un allenamento fatto bene e godersi dieci minuti di solitudine, stesa nel parquet in palestra a fare stretching: un premio che davo a me stessa, al mio corpo e alla mia anima.
Ma alla fine, perché premiarsi? Perché nei contratti, soprattutto degli atleti, spesso ci sono questi premi? Me lo chiedevo spesso e volentieri. Ma, sopratutto, perché dovevo premiarmi da sola? Così ora, seduta sul mio divano a distanza di tempo, mi sembra di sentire così forte la differenza tra le due cose, che non capisco come fosse per me tanto complicato comprenderla prima. Considero il premio dato da una "terza" persona altrettanto importante, seppur diverso, in quanto è un altro a gratificare i miei sforzi. È qualcuno di esterno, qualcuno che, alla fine, non potrà mai sapere davvero quanta fatica ho fatto. Ma è comunque importante per stimolare un collettivo, un risultato comune. Quando sono io a decidere il mio premio, ci metto dentro tutto: le notti insonni a pensare, qualche lacrima, un paio di sacrifici, le gioie. Tutto pesato solo ed esclusivamente da me. Tutto in base alla mia unica esperienza. Al mio solo cammino. Sedersi al bar e bersi una coca-cola, solo dopo aver fatto tre allenamenti extra, ha tutto un altro sapore. Comprare un paio delle mie sneakers preferite, solo dopo aver ottenuto il passaggio di un turno all'Europeo, me le fa indossare con più orgoglio: perché io so quanto lavoro c'è stato dentro a quelle scarpe, che vanno oltre al valore materiale, per assumere, invece, un valore personale.
Lo stesso vale per quando scendo in campo, stimolata dal fatto che se faccio le cose per bene, li, alla fine, c'è un premio che voglio con tutta me stessa: questo mi spinge a fare qualche sacrificio in più che, forse, altrimenti non farei. È un dare/avere con me stessa. Bellissimo.

Insomma, il mio ultimo anno a Schio, il primo della collaborazione con Gabri, ci ho messo tanto a trovare quello che volevo come premio finale. Gabri mi diceva che doveva essere un bel premio, uno di quelli seri, che ne valesse davvero la pena. Così, solo due mesi prima della fine del campionato, avevo deciso che se avessi vinto l'ennesimo scudetto mi sarei fatta un regalo davvero figo. Volevo una di quelle macchine fotografiche imperiali, che io non avrei mai avuto il coraggio di acquistare se non, appunto, per una ragione valida. Sapevo tutto di quella macchina fotografica, avevo guardato mille tutorial, cosa potevo fare e cosa non, e mi ero già immaginata le foto che avrei fatto e i video che avrei girato. È stato, per così tante, volte uno stimolo ad andare avanti, a lavorare, a metterci impegno, nonostante le difficoltà che avevo incontrato in quella stagione. Certo, il mio premio non era l'unica ragione per la quale volevo vincere, ma sarebbe stato sicuramente un bel riconoscimento dopo tanto lavoro. A fine di Gara 4, persa, se n'era andata non solo la coppa, ma anche quella macchinetta. Se n'era andato un anno di ore e giorni in palestra e, alla fine, se n'era andata anche la gratificazione. Quella macchinetta non l'ho mai più comprata, neppure guardata.

Un premio perso è un premio che non può tornare, almeno per quanto mi riguarda.

Quando sono arrivata a Istanbul, invece, ho dovuto cambiare i premi che mi ero prefissata ad inizio stagione - a Montpellier - e aggiungerne altri nel caso avessi poi raggiunto risultati importanti: ho tarato i miei premi in base a dov'ero, all'impegno richiesto (mentale e fisico), a ciò che stavo vivendo anche fuori dal campo nella mia vita personale. Volevo un bel premio, se vincevo il campionato turco. E, questa volta, me lo sono potuta godere. Ho fatto un viaggio stupendo in Vietnam,

spegnendo il cellulare (se non per informare i familiari che stavo bene), senza social, fuori dalla tecnologia, solo godendo della presenza di chi avevo accanto. È stato uno dei premi più belli che potessi prendermi, e penso che abbia ripagato alla grande la difficile annata vissuta.
Sempre per tornare a quanto detto nel capitolo precedente, sono tutte lezioni che ho imparato molto bene: gratificarmi, coccolarmi, dare valore al lavoro che faccio e che ho fatto, darlo a me stessa.
Perché alla fine, quando mi sveglio e mi guardo allo specchio, solo io so davvero se ho dato tutto oppure no.

TU SEI IL PREMIO

Un concetto che molto spesso è manca agli sportivi, mentre è presente tra imprenditori o persone di successo, è il fatto che questi ultimi si riconoscono sempre dei premi che li incentivano a fare meglio. Li stimolano ad ottenere quello che si sono prefissati.

Si pensa che la motivazione a "fare" sia qualcosa che dipenda anche dall'esterno, e qualche volta è vero, ma per la maggior parte dei casi dipende da noi: spetta a noi valorizzarci per i sacrifici che quotidianamente facciamo.

Spesso si finisce per fare le cose "tanto per farle", e così facendo le svuotiamo in primis del valore che portano a noi (le faccio bene perché è un bene per me) e, come chiara conseguenza, svuotiamo noi stessi dal farle con tutta la nostra forza.

Ormai è passato tanto tempo, ma ricordo ridendo la prima risposta di Gio al pensare al premio da darsi a fine allenamento: "Mi faccio un viaggio". Io che, elegantemente, spiegavo "... si, certo, magari alle Maldive, sai che figata, finisce allenamento e dici a tutti: "Ci vediamo fra una settimana". Penso che ti diranno, direttamente "... Gio rimani e trova squadra là così vivi in vacanza" .

Una volta tarato il concetto di *"grande obbiettivo, grande premio",* fu naturale adeguare il premio ad un buon allenamento, poi crescere fino al premio partita, al premio coppa, eccetera. Facemmo così per tutti gli obbiettivi, soprattutto per quelli di miglioramento individuale, centrali per la *reale crescita e benessere personale.*

Gio iniziò il suo cammino lungo la via del sapersi premiare quotidianamente, cammino che continua ancora oggi, sorprendendomi nel trovare nuove forme di premio, sempre più adatte alla sua persona. Ha preso lo strumento e lo ha reso unico, come la sua persona: serenamente ammetto che, qualche volta, prendo spunto dalla sua creatività.

Vivere ogni giorno con il darsi un premio, stimola il cervello ad essere concentrato mentre sto facendo ciò che mi porta a raggiungere l'obbiettivo. Mi stimola quando è difficile, perché pregusto la cosa bella che mi darò nel momento del raggiungimento. E, alla fine, quando sto realizzandolo, dico *"me lo sono meritato"*. Quando sentiamo di meritare qualcosa, ci sentiamo molto meglio mentre la viviamo.

Creando questa sana abitudine, il mio cervello crea una convinzione che mira all'eccellenza, una specie di dialogo con se stesso che dice: dammi grandi obbiettivi, che ti aiuterò a raggiungere per poi godere di un premio magnifico.

Nei giorni molto impegnativi, avere il premio mi attiva ad agire, quindi potenzio la mia volontà, il mio spirito di sacrificio e l'andare oltre le resistenze interne/esterne.

Che bella la parola: *sacrificio*!! Nella sua etimologia significa *"rendere sacro"*, e sono dunque da escludere tutte le brutte definizioni che si sentono in giro al proposito, date soprattutto da chi non muove quasi mai un'unghia. Già, questa ridefinizione può far piacere di più questa parola. Inoltre se aggiungiamo che rendendoci sacri aumentiamo il nostro valore, il sacrificio diventa più "leggero", lo accogliamo meglio, diventa un grande alleato nelle nostre giornate.

Immagina, alla fine della tua giornata e dopo aver raggiunto i tuoi obbiettivi ed esserti premiato, quando sarai felice e motivato e andrai a dormire con il sorriso, quasi impaziente che arrivi il nuovo giorno per crescere ed essere migliore. Pensa se questa diventasse la tua abitudine quotidiana: quanto ti potrebbe far stare bene agire così?

Premiarsi è una delle chiavi per una vita di successo, il *sacrificio* un compagno necessario per vincere la fatica e raggiungere la propria *eccellenza*.

<u>Con il sacrificio creo il valore, con il premio lo consolido.</u>

Se hai notato che avevamo già parlato di premio nel capitolo degli obbiettivi, e, forse, ora ti domandi come mai abbiamo dedicato un altro capitolo, questa volta intero e "di rinforzo", mi permetto una risposta: che, spero, amplifichi maggiormente la tua nuova consapevolezza. Tu sei <u>*unico*</u>, tu sei <u>*capace*</u> di cose che solo tu nel mondo puoi fare, ho bisogno che tu senta quanto realmente *vali* e so che iniziandoti a premiare giustamente ogni giorno, porterai un valore magnifico nel mondo. E questo aiuterà anche altri a vivere felici.

Tu sei un premio, per te e per chi ti circonda!

MEGLIO TARDI CHE MAI?

Io ero una di quelle che, quando qualcosa andava male, tendeva a disperarsi, a darsi addosso, a cercare una sfilza enorme di ragioni, un perché quel qualcosa non era andato bene, o non tanto quanto volevo. Allo stesso tempo, quando le cose correvano nel verso giusto, non mi soffermavo a capire o a gioirne, semplicemente stavano andando come dovevano.
Niente di più errato.
Facendo tesoro di tutto quanto detto in precedenza, c'erano ancora altri aspetti del mio modo di lavorare, ma anche di vivere, che volevo migliorare. La via verso la consapevolezza piena e la responsabilità verso gli altri e se stessi, passa sicuramente attraverso il dettaglio. Studiare i dettagli è un lavoro a volte difficile, faticoso, che impegna anche momenti nei quali vorrei solo rilassarmi. Eppure più cresci, più è quello che fa la differenza. Nel mio "campo", vedo e sono sempre a contatto con gente che "il dettaglio" non sa cosa sia. E, inizialmente, faticavo anch'io a comprendere. Gabri insisteva: riguardati i video, dammi feedback, trova le cose buone, guarda come tiri e mille altre cose. È stata un'altra chiave importante per la svolta verso la vera presa di coscienza.
Così cominciai, dopo tutte le partite, a riguardarmele. Dopo il feedback post partita, a caldo, davo un ulteriore feedback dopo aver guardato il video, a freddo. E spesso i due feedback erano completamente diversi. Ciò mi ha fatto capire che, per quanto io pensassi di essere dentro completamente alla situazione e di capirla, così non era. E mi rendevo conto, riguardandola, che non ci avevo capito nulla.

Una delle prime volte che affrontavo una sconfitta dopo aver iniziato il mio lavoro con Gabri, ero in macchina fuori dalla palestra, pioveva e sentivo il rumore delle gocce sul parabrezza. Ero pronta a entrare in quella fase di autocommiserazione, e quel freddo nella macchina spenta aiutava. Così presi in mano il telefono e scrissi a Gabri, probabilmente qualcosa come ".. abbiamo perso, ho fatto schifo, e bla bla bla". Lui mi rispose come mi rispondeva sempre, anche dopo le vittorie: "Va bene, dimmi cosa hai fatto bene, cosa non è andato bene, e cosa puoi migliorare". Rimasi spiazzata, perché non avevo un'idea di cosa dire. E non mi aspettavo una risposta simile, non era conforme alle mie abitudini.

Così il giorno dopo mi riguardai la partita, cercando di trovare le risposte alle domande che mi aveva fatto. Capitava che mi dessi dei feedback negativi su cose che facevo, mentre poi, guardando i dettagli, vedevo sfumature diverse: e tante volte non era così male come io pensavo. Anzi. Studiandomi ho capito che cosa potevo e volevo migliorare, ho scoperto le situazioni in cui ero forte, ed ero piena di stimoli per fare un passo in avanti: una volta visto l'errore, o la cosa giusta, poi è più semplice correggerlo o replicarla giorno per giorno.

Nel corso del tempo gli obbiettivi cambiavano e, da generali quali erano inizialmente (esempio: vincere il campionato), li vedevo sempre più dettagliati: voglio imparare a muovere di più i piedi in difesa, voglio usare di più il corpo, voglio lavorare sull'arresto ad un tempo, o sul tiro in uscita dai blocchi. La conseguenza era che, una volta assunta la consapevolezza, dovevo agire di responsabilità: così cominciai a fare allenamenti extra, a chiedere ai vari vice allenatori di venire in palestra prima, o fermarsi dopo, e continuo a farlo. Proprio nel periodo in cui sono a Istanbul, mi ritrovo spesso in palestra, sola, con gli allenatori a migliorare il mio tiro: chiedo loro di girare video specifici, di passarmi la palla in modi diversi, di crearmi situazioni difficoltose per vedere come reagisce il corpo e poi studiarmi per capirlo. Sto facendo fatica, perché non sto ancora ottenendo i risultati che cerco, e questo, a volte, mi porta a perdere fiducia. Poi Gabri mi ricorda che gli strumenti ce li ho e devo solo utilizzarli. L'altra sera, sola in casa ad occhi chiusi, stavo facendo una sessione di tiro: senza palla, senza canestro, al buio, stesa sul divano. Cercavo il dettaglio mancante nel video che mi stavo proiettando nella mente, nelle sensazioni che avevo, nel sentire il respiro.

La mia mente ora è un motore che non si ferma mai, cerca sempre un modo per fare le cose in maniera migliore, per salire sempre di un gradino.

Come per l'aspetto tecnico, anche nel mio rapportarmi con la gente e con me stessa ho percorso la stessa strada. Tante volte mi capita di pensare a come ho parlato a quella persona o a quell'altra, alla faccia che ho fatto all'arbitro, a come ho fissato l'allenatore. Per poi passare a come mi son sentita nel pre-partita, o nel post, e semplicemente capire la via per cambiare le sensazioni che non mi piacciono, e tenere quelle che invece sono produttive per me.

In un mondo dove generalizzare è diventato semplicemente all'ordine del giorno, io sono convinta che nessuno può fare dei passi avanti se non cura i dettagli di ciò che fa. E più si sale la scala, più i gradini diventano meno alti, più difficili da vedere, facili da tralasciare. Ogni gradino che salti, è qualcosa che hai perso. Io, forse, l'ho scoperto troppo tardi. Ma, come si suol dire: meglio tardi che mai.

Nei capitoli precedenti abbiamo parlato di consapevolezza, di comprendere chi crediamo di essere, come agiamo, quello che abbiamo, come pregi, fragilità, talenti e aree di miglioramento.

Questo ci è servito e ci servirà costantemente a stabilire gli obbiettivi, infatti solo sapendo da dove parto posso tracciare la rotta verso dove voglio andare.

Nel percorso dell'eccellenza, occorre che ognuno di noi si stampi dentro questo bel concetto: *"diventare più di ieri e meno di domani"* . Un bel detto popolare ricco di saggezza. Nel mondo della formazione, questo concetto viene riportato con il termine KAIZEN (composizione di due termini giapponesi: KAI = cambiamento, miglioramento e ZEN = buono, migliore) che indica la propria volontà di camminare e crescere, cambiare e migliorare ogni giorno.

Fondamentale per la crescita è interpretare questo messaggio in maniera coerente, e, come potrete notare, tutta la struttura e le risorse dei capitoli precedenti fanno riferimento a questo "precetto".

All'inizio del percorso con Gio non è stato semplice passarle questo nuovo concetto, perché, semplicemente, non era sua abitudine. Mentre ora, che l'ha interiorizzato davvero, è disposta a fare tutto ciò che è necessario per migliorarsi.

L'impatto inizialmente è molto forte perché tocca fare i conti con se stessi, è molto sfidante e occorre fare verità dentro di sé: bisogna avere coraggio per andare a guardare dove è scomodo, eppure è estremamente utile.

Il primo mese di lavoro lo abbiamo dedicato ad analizzare i suoi punti di forza, le sue capacità e le sue sfide di crescita, perché i limiti sono solamente aree di miglioramento da trasformare in "motivo di crescita", pianificandoci obbiettivi specifici e mettendoci le risorse migliori.

Giorno per giorno cresceva, giorno per giorno diventava più consapevole e responsabile, costantemente amplificava la sua armonia interiore e la sua auto-motivazione a tornare in palestra, con voglia di conquistare un nuovo obbiettivo e vincere una nuova sfida. Semplicemente aveva smesso di accettare passivamente le cose, prendendole invece nelle proprie mani, modellandole come voleva lei. Era più aperta a chiedere informazioni utili per velocizzare il processo di apprendimento e di concretizzazione.

Anche quando non tutto andava come doveva, questa nuova prospettiva e solidità le faceva scorgere nuovi possibili obbiettivi, nuovi traguardi, nuova "fame", nuove vette da raggiungere.

Ricordo molto bene quest'ultima estate (2018, *ndr*), trascorsa nella stesura degli obbiettivi stagionali, durante la quale lei ha amplificato al massimo questo concetto, curando altri dettagli quali il controllo delle ore di sonno, una più ferrea alimentazione e lavoro di stretching specifico al fine di una cura totale del proprio corpo.
Ora Gio incarna totalmente questo principio, e ogni giorno spinge anche chi le è vicino in questa direzione, essendone esempio autorevole.
Quando abbiamo iniziato il nostro percorso le ho regalato il braccialetto dove sono incisi i miei due motti per la vita.
Il primo è: *allena il talento*, perché hai bisogno di riconoscere il tuo talento e poi allenarlo al massimo, così da vivere veramente felice.

Il secondo è: A TUTTA VITA, perché credo che ogni singolo istante di questa vita, ogni emozione, anche la più tosta, debba essere vissuta fino in fondo, urlandola a pieni polmoni, così che anche nell'altro emisfero ti possano sentire.

Ciò CHE SEI, O Ciò CHE HAI?

Quando, la prima volta che parlai con Gabri, affrontammo il tema delle convinzioni che avevo verso me stessa, fu scioccante. Scrissi su carta tutte le cose di cui ero convinta, e ce n'erano davvero poche di positive.
Il giochetto delle convinzioni, di "la libertà che diamo alla mente", è pericoloso se una persona non è brava a capirsi. E io forse non lo ero. La mente ha un potere così grande su tutto ciò che ci riguarda, che a volte fa quasi paura rendersene conto.
Per mia fortuna, nella mia umiltà, ho avuto abbastanza coraggio da chiedere come potevo fare a superare queste mie limitazioni: limitazioni che davo gratuitamente a me stessa, come se mi fossi creata una gabbia, un po' spaventata anche di poter scoprire di essere migliore.
Ora non mi vergogno di raccontare tutto questo. E neppure di provare a spogliarmi di qualcosa che mi ero portata dentro per davvero tanti anni. Zavorre che, a volte, facevano anche male e mi tenevano ancorata a terra.
È stato difficile capire come ogni mia singola convinzione depotenziante potessi trasformarla in qualcosa di potenziante: ma, onestamente, nulla del lavoro fatto con Gabri è stato semplice. Tutto è stato un viaggio incredibile allo scoperta di un modo diverso di vedere le cose, sentirle e viverle.
Ero convinta di meritare poco, ero convinta di valere poco, ero convinta che tutto ciò che mi accadeva dipendeva dagli altri. Un giorno, un allenatore mi disse testualmente: "Fai una partita bene e una male". Lui non lo sapeva - e non lo potrà mai sapere - ma, dicendomi cosi, ha creato nella mia mente una convinzione che,

oltre a farmi male, mi ha sottoposto a giudizio di me stessa. Sapevo che era un'affermazione falsa, eppure a volte capita che uno lanci un sasso e ti colpisca, e lui mi aveva beccato in pieno viso. Arrivavo da una partita fatta bene e dovevo giocare l'indomani, quando lui mi disse questa frase. Andai su tutte le furie, perché ero consapevole del fatto che sia che segnassi 20 punti, sia che ne segnassi 6, io le mie cose le facevo bene. Ne ero convinta, perché poi mi riguardavo, rivedevo le partite, e mi auto giudicavo. Sicuramente ho fatto delle partite meno buone, ma fare male è altro. Cosi ne parlai con Gabri, gli spiegai che quella frase aveva lasciato uno strascico e avevo paura di risentirla nel momento di scendere in campo. Mi scrisse un bel post-it che ho ancora appeso alla porta di casa: "Io faccio sempre bene". Prima della partita, ho vissuto nella mia mente il momento in cui quella frase sarebbe tornata a a fare capolino: magari dopo un tiro sbagliato o una palla persa. Ho affrontato quella sensazione come fosse una persona reale, e le ho fatto vedere tutte le cose che facevo per essere pronta alla gara. Quella era, ed è, la mia convinzione più salda: ad ogni partita io mi preparo come fosse l'ultima, ciò non significa che splenderò sempre, ma sicuramente significa che faccio tutto quello che è in mio potere fare. E questa è un'altra mia grande convinzione: TANTO DIPENDE DA ME. Certo non tutto, ma sicuramente tanto.

Ci sono convinzioni che ti annientano: io e Gabri, con il nostro amico Piero (assistente allenatore di Schio), diciamo sempre che il Drago bisogna ucciderlo appena nasce, perché, se diventa grande, è difficile sconfiggerlo. Ed è lo stesso per le cose di cui siamo convinti, soprattutto se quelle cose sono negative. Io posso dire che, eliminando tante di queste, mi sono sentita più leggera. E ritorniamo sempre al punto della consapevolezza. Una persona deve andare a fondo di se stessa, per poi presentarsi con chiarezza davanti allo specchio e alle idee in cui crede. È un passo fondamentale verso il successo. Ogni convinzione che ti annichilisce, può essere trasformata in qualcosa che ti rafforza, il come lo decidi tu e la tua mente.

Sono io a capo delle mie sensazioni, sono io il comandante della mia imbarcazione.

Posso dirvi che la maggior parte delle cose brutte di cui ero convinta, ora sono state sostituite da cose buone. Ho ancora qualche parassita, che ogni tanto torna a farsi vivo, purtroppo certi draghi li ho fatti diventare enormi e sputa fuoco: per ammazzarli ci vogliono pazienza, costanza, tempismo.

Di una cosa però sono certa: imparare a incanalare il pensiero verso il segno più, piuttosto che verso il segno meno, è un altro piccolo passo per diventare persone di successo.

Poi alla parola "successo" ognuno dà il suo significato: io ho il mio e ha tutto a che vedere con la persona che sono, piuttosto che con le cose che possiedo.

Per te, invece, cosa vuol dire avere successo?

CREDI IN TE

"Che tu creda di farcela o non farcela, avrai comunque ragione" (Henry Ford)

L'essere umano ha bisogno di certezze su cui poter muovere i passi della propria vita o su cui appoggiarsi nei momenti sfidanti.

Queste certezze le costruisce durante tutto l'arco della sua esistenza: la maggior parte le apprende dall'ambiente circostante e dalle esperienze che vive; a volte le apprende studiando qualcun altro; a volte le modifica perché qualcuna di queste certezze diventa così stringente che c'è bisogno di riformularla.

Le *convinzioni* sono <u>realtà soggettive</u> che facciamo diventare Verità assolute. Esse diventano dogmi che ci fanno vivere, ci creano un codice di condotta, un set di azioni da fare o non fare durante le nostre giornate, condizionano le nostre scelte davanti alle opportunità della vita. Insomma, bisogna sempre fare i conti con le convinzioni che si hanno.

Le *convinzioni* sono l'unione tra il senso di certezza, che sentiamo verso una specifica affermazione, e, molto spesso, le generalizzazioni (cioè una rappresentazione della realtà con poche parole, ad esempio: "tutte le persone sono cattive". Pochi dettagli che usiamo per definire tutta una realtà) .

Si dividono in tre categorie fondamentali:

1 - <u>Legate alle abilità del mondo (è Possibile?)</u>

Queste sono le convinzioni che vengono prese dal mondo esterno, dai massimi sistemi di riferimento (scienza, medicina, fisica) e molto spesso sono basate su dati empirici. Il classico esempio, per questo tipo di convinzioni, è: "non è possibile per nessuno fare questo, perché i numeri e le formule ci dicono che non è possibile". Su questa convinzione si aprono due strade: la prima è che se qualcuno, per noi autorevole, afferma una cosa del genere, molto spesso ci conformiamo a questa dichiarazione, prendendola per "vera" e "certa".
La seconda strada è che se una persona nel mondo riesce a "rompere" questa credenza, moltissime persone, in poco tempo, riusciranno a loro volta a superarla: e molto spesso si scopre che quella persona neanche sapeva che questa cosa esistesse. Questa persona ha semplicemente fatto ciò che credeva, riuscendoci. In altri casi, invece, ci si trova davanti a persone che vogliono proprio rompere queste regole dogmatiche e ci riescono. Un caso recente è quello del paracadutista Felix Baumgarten, l'uomo che è riuscito a rompere il muro del suono quando il massimo sistema diceva che non sarebbe stato possibile.
Quindi, se da un lato ci sono abilità, o capacità, impossibili per l'uomo, dall'altro lato dobbiamo porci delle domande rispetto alle informazioni che riceviamo dall'esterno, perché potrebbero rivelarsi troppo vincolanti o addirittura false.

2 - <u>Legate alle MIE abilità (è possibile per me?)</u>

Queste convinzioni sono legate alle persone: sono certezze che vengono da una sfera più "intima", perché sono cucite sulla persona stessa.

Derivano molto spesso da esperienze dirette vissute dalla persona, o da ciò che altri, vicini, hanno indicato in determinate esperienze o eventi della nostra vita.

La fiducia, o la non fiducia degli altri, ha influito in noi nel poter riuscire o meno in una determinata cosa. Su questo aspetto è importante imparare ad avere una responsabilità diretta rispetto a ciò che diciamo a noi stessi: "non ci riesco" oppure "per me non è possibile".

In questi casi è necessario studiare le persone che ci sono riuscite (a far quella determinata cosa), immaginare di farcela e sperimentare cose al di fuori della propria zona di comfort.

3 - Legate al Merito (Mi merito questo?)

Queste convinzioni sono legate all'identità, che è poi l'espressione massima della convinzione, perché quando mi autodetermino - IO SONO - sto creando una convinzione potentissima che può sprigionare il mio massimo potenziale: oppure, al contrario, rinchiuderlo e ingabbiarmi.

Se io credo di meritare il meglio della vita, significa che ho un'identità ricca di qualità, di risorse, di bellezza. Spesso la prima convinzione che dono alle persone è questa:

"IO SONO UNICO, IRRIPETIBILE ED IRRIDUCIBILE. SONO VENUTO A QUESTO MONDO CON UNO SCOPO CHE SOLO IO POSSO REALIZZARE. È MIA RESPONSABILITÀ SCOPRIRLO E VIVERLO IN MANIERA PIENA E FELICE".

Riconoscerci Unici può aiutare ad aprirci, a disporre di bellissime risorse che possiamo avere solo noi. L'irripetibilità ci investe della bella responsabilità di sapere che lasceremo un segno in questo mondo. E l'irriducibilità ci dona un peso, una consistenza che, nonostante le esperienze della vita, rimangono costanti!

Molto spesso le persone hanno le abilità ma mancano della convinzione di *merito*. Molto spesso gli sportivi hanno l'occasione di brillare e arrivare in vetta, ma senza la potente convinzione di meritarselo fanno molta fatica.
Occorre fare attenzione alle nostre convinzioni, perché determinano quello che facciamo. Spesso ci "illudiamo" di essere quello che facciamo, quando invece è vero il contrario: noi facciamo quello che crediamo di essere.
Aggiornare, studiare e modificare le nostre convinzioni, è una nostra responsabilità. A Giorgia ricordo spesso di prendersi, come io stesso mi prendo, un paio d'ore per verbalizzare tutto ciò che crede "certo" e, se scopre qualche convinzione depotenziante, di usare la tecnica matematica del:
(- X - = +) .
Significa che prendo una convinzione depotenziante (-) e la moltiplico (X) per tutti i dubbi che ho (-), il risultato (=) è che l'ho smontata e sicuramente avrò ricavato una convinzione più leggera e potenziante (+).
Un esempio pratico per capire meglio: quando Giorgia mi chiamò per dirmi del pensiero limitante del "fai una partita bene e una male" (-), quello che io feci fu crearle dei dubbi (-) con domande tipo: "È successo che hai giocato più partite di fila bene? Oppure due partite male?". In questo modo misi in relazione una convinzione con il dubbio (- x -) e uscimmo dalla telefonata con la consapevolezza potenziante di poter e saper giocare al massimo ogni volta, trovando come essere utile a se stessa e alla squadra in diversi modi (= +) .
Fai in modo che le tue convinzioni possano produrre una vita piena di soddisfazioni, felicità e crescita. Scoprirai

che quando lo fai su di te, automaticamente dai agli altri l'opportunità di farlo.

Concludo con una splendida poesia di Marianne Williamson:

La nostra paura più profonda

*La nostra paura più profonda non è di essere inadeguati.
La nostra paura più profonda è quella di essere potenti al di là di ogni misura.
E' la nostra luce, non la nostra oscurità a terrorizzarci maggiormente.
Noi ci chiediamo: chi sono io per essere così brillante, stupendo,
pieno di talenti e favoloso?
In realtà, chi sei tu per non esserlo?
Tu sei un figlio di Dio. Il tuo giocare in piccolo non serve al mondo.
Non c'è niente di illuminato nel ridursi
perché gli altri intorno a te si sentano insicuri intorno a te.
Siamo nati per rendere manifesta la gloria di Dio che è dentro di noi.
Essa non è in alcuni: E' IN TUTTI!
E quando permettiamo alla nostra luce di risplendere, inconsciamente
diamo agli altri il permesso di fare la stessa cosa.
Nel momento stesso in cui siamo liberi dalle nostre paure,
la nostra presenza libera automaticamente gli altri.*

SU CHE CANALE SEI SINTONIZZATO?

A pensarci bene, questo ultimo step è stato forse uno dei più interessanti, non solo perché cambiando il mio modo è di conseguenza cambiato anche il mondo attorno a me, ma, soprattutto, perché ho imparato cose che nessuno ti dice e molti non sanno.

Riguardo a tutto ciò che abbiamo sin qui detto, è possibile trovare e leggere qualche informazione anche navigando tra una pagina web e un'altra. Poi, però, mettere in pratica è un'altra cosa. Mentre a relazionarsi, nessuno te lo insegna mai. Sembra uno di quei topic tabù, dove pochi si permettono di dare dei suggerimenti. Quando, invece, imparare a comunicare diventa fattore incredibilmente importante e producente.

Quante volte ho sentito la frase fatta: "Sono responsabile di quello che dico, non di quello che capisci tu?". In parte, questa affermazione mi trova d'accordo, in parte no. Ognuno di noi ha la grandissima responsabilità di far capire a chi ha di fronte quello che vuole esprimere, e questo è compito solo ed esclusivamente nostro. Solo noi stessi possiamo controllare le nostre parole, farle arrivare all'altro in modo tale da essere comprese.

Gabri, all'inizio, mi chiedeva di ascoltare. Di ascoltare tanto. Di capire le mie compagne, di capire che lingua parlassero: i loro termini preferiti, il loro modo di descrivere qualcosa, perfino sentire il tono della loro voce. È assolutamente incredibile scoprire quante cose s'imparano di una persona, ascoltandola.

Mentre ascolto la gente, ora, mi viene molto più semplice e diretto riuscire a intuire con che tipo di persona sto parlando. Ad un cieco non posso mostrare una fotografia. Ad un sordo non posso far sentire una canzone. Ad un muro non posso fare nessuna delle due, ma se lo incido qualcosa sicuramente rimarrà. Per quanto questi esempi possano sembrare assurdi, è proprio così che funziona. Ognuno di noi ha dei canali che prendono bene la linea, e altri che invece faticano a farla passare. Si tratta solo di comprendere che canale usano coloro che ci stanno attorno.

Ti accorgi poi che, così facendo, sei ascoltato di più. Ti viene prestata un'attenzione diversa. E questo non è di certo perché l'altra persona finalmente ha voglia di ascoltare, ma è piuttosto perché *tu* sai farti ascoltare.

Ho vissuto in modo completamente diverso le mie relazioni da quando mi sono fermata a capire chi avevo davanti. Mi sono accorta che tante persone non le avevo capite mai e non mi ero mai fatta capire da loro, solo perché non avevo un'idea di come arrivarci. Ho vissuto tutto in un modo sicuramente più pieno, più completo, non solo finalizzato a ciò che riguarda lo sport nella maniera più pratica, ma anche a quello che riguarda i rapporti che crei dentro lo spogliatoio con le compagne, e fuori con amici e familiari.

Anche se sotto questo aspetto "comunicativo" non si smette mai d'imparare, io mi sono accorta di aver completamente stravolto le mie abitudini. Lo scopro perché è cambiato il mondo attorno a me e mi è capitato spesso di sentirmelo anche dire da persone che hanno notato questa mia nuova faccia.

In questo mondo, che corre veloce e spesso dietro ad uno schermo, ci dimentichiamo troppe volte di quanto i rapporti umani diretti siano essenziali per la nostra anima. Fermarsi ad ascoltare davvero chi hai davanti, non passa solo attraverso l'ascoltare cosa ha da raccontarti, ma anche cercando di capire come te lo racconta, le sensazioni che prova, il suono della voce, come respira, come ti guarda. Ci sono informazioni incredibili che perdiamo spesso per strada, perché non prestiamo abbastanza attenzione; informazioni che potrebbero tornarci utili quando invece saremo noi a dover rispondere a questa persona. E a farci capire.

Un passo della Bibbia, nella prima lettera ai Corinzi (XIV, 9), dice: "Così anche voi, se non pronunciate parole chiare con la lingua, come si potrà comprendere ciò che andate dicendo? Parlereste al vento".

Quindi, alla fine, penso che oltre ad essere responsabili di quello che diciamo, siamo anche responsabili di ciò che l'altro capisce.

Almeno nella maggior parte dei casi.

QUANDO TI RELAZIONI, VINCI

Vuoi andare veloce, corri da solo. Vuoi arrivare dappertutto, corri insieme ai tuoi compagni.

Erano i primi giorni di lavoro con Gio, quando le dissi questa frase al telefono e dall'altra parte della cornetta percepii un grande punto di domanda.
Ridemmo un'istante e poi le spiegai il concetto che c'è alla base della creazione di ogni *relazione*, la capacità di creare *rapport*, cioè il legame che mette le persone allo stesso livello e che permette un dialogo il cui messaggio sia comprensibile agli interlocutori.
Il *rapport* è l'unione di queste due semplici azioni fondamentali: RICALCO e GUIDA.
Il *ricalco* è la capacità di immaginarsi nelle vesti dell'altro, cioè vedere, percepire e parlare come l'altro; per compiere questa azione occorrono due ingredienti importantissimi: l'attenzione e l'ascolto attivo.
Più comprendiamo chi abbiamo davanti, più smettiamo di interpretare con la nostra mente le azioni degli altri, e semplicemente iniziamo ad accettare che esistono risposte diverse rispetto alle nostre.
Faccio un esempio concreto: lavorando con il team di vela, dove avevano un grande obiettivo e volevano veramente raggiungerlo, mi sono accorto che nei momenti di difficoltà entravano in conflitto, perché ognuno parlava agli altri come se parlasse a se stesso (uno dei classici errori nella comunicazione), e questo amplificava il nervosismo.
Il lavoro svolto è stato proprio sul *ricalco* con queste due domande, dove la prima dovevano rivolgerla a se stessi, ed era: *"Cosa ti dici nei momenti di difficoltà?"*.

L'altra, da rivolgere agli altri, era: "*Cosa vuoi che ti dica in quel momento?*".

Rimasero stupefatti del fatto che avessero modi completamente differenti di rispondere alla prima domanda, mentre, per quanto riguarda la seconda, il fatto di ascoltare cosa realmente volessero come risposta, aveva messo tanta tranquillità in chi aveva posto la domanda. Quando trovi la soluzione, il cervello la immagazzina e tutto è più sicuro.

Più conosciamo chi abbiamo davanti, più diventa nostra responsabilità parlare la sua lingua per farci ascoltare e questo attiverà, consciamente o inconsciamente, l'altro ad ascoltarci.

Quando faccio un corso sulla comunicazione, all'inizio del corso metto tutti in cerchio, e, partendo dal primo, inizio a dire: "Tu sei Turco, Tu sei Tedesco...". Quando finisco il giro indico me stesso e dico: "Io sono Italiano" e so che, inconsciamente, tutti pensano: "No Gabri, siamo tutti italiani in questa stanza" (per la maggior parte delle volte è così).

E li mi fermo un attimo e dico: "Ognuno di voi ha un linguaggio unico, ed è mia responsabilità imparare a relazionarmi con voi (ricalco), perché alla fine del corso, quando vi dirò l'esercizio finale, io parlerò la mia lingua e voi dovrete tutti eseguire (guida)".

Altro esempio classico di ricalco, importantissimo, è la preparazione di un viaggio all'estero. Vi sarà capitato di andare in un posto dove l'italiano non è la lingua madre: se sei preparato e parli la lingua locale il tuo viaggio filerà tranquillo; se, d'altra parte, non conosci la lingua, quanta fatica farai anche semplicemente per chiedere indicazioni per andare in un posto?

Il *ricalco* è il primo passo per creare relazioni e, soprattutto, per creare *relazioni di valore*. Accetti che l'altro è diverso da te e che agisce secondo le sue regole, e sapere questo ti permette di avere il massimo del rispetto per chi hai davanti e di creare una relazione basata sulla fiducia e sulle capacità dell'altro. Ricorda che la prima capacità di un leader è quella di ricalcare, cioè saper seguire l'altro.

La *guida* è mostrare chi siamo noi, ossia far percepire agli altri il nostro valore, la nostra identità e il nostro modo di vivere il mondo circostante.

La *guida* è prendere le redini e muoversi verso qualcosa: in una discussione prendere e dire la propria idea; durante un'attività pratica suggerire a qualcuno di agire in una certa maniera; dare un esercizio da fare, eccetera.

In ogni nostra relazione viviamo fra queste due splendide azioni, *ricalco e guida*. La maggior parte delle persone vogliono guidare, ma, senza fare prima un prezioso ricalco, la guida non è autorevole e non porta sempre i frutti desiderati.

Non esistono percentuali esatte per avere il *"rapport perfetto"*, è un equilibrio dinamico, che come detto in precedenza, ha bisogno di costante attenzione e ascolto attivo, appunto perché le persone cambiano di continuo.

Volete portare le relazioni ad un livello di *eccellenza*? Curate ogni giorno il rapport e noterete come la fiducia, la sintonia e l'unione con gli altri aumenterà: e più portate bene nella vita degli altri, più gli altri faranno lo stesso.

Lo strumento più efficace per fare rapport è comprendere lo stile comunicativo dell'altro.

Come abbiamo detto tante volte siamo tutti diversi. Per costruire la rappresentazione della nostra realtà ci basiamo maggiormente su uno di questi filtri:

Visivo (collegato alla vista)

Auditivo (collegato all'udito)
Kinestesico (collegato a tatto, olfatto e gusto)
È importante specificare che noi siamo la somma di tutti e tre, solo che uno è predominante sugli altri due. Scovando quello che ha un impatto maggiore, possiamo dialogare al meglio con il nostro interlocutore.

La persona *"visiva"* è una persona che, per esporre, fa uso di illustrazioni e immagini, ha un tono di voce alto, parla velocemente, respiro di petto, sembra non poter stare fermo. Espressioni tipiche della comunicazione visiva sono: "Ti è chiaro? Ti voglio mostrare. Voglio mettere a fuoco. Ci vediamo".
Memorizza le immagini e come accadono le cose, tende ad avere un'ampia gestualità nel raccontare qualcosa.

La persona *"auditiva"* è una persona che parla molto spesso per suoni, ha grande capacità di variare timbro, tono e velocità della sua comunicazione, respiro più ritmato, spesso muove gli occhi lateralmente come ad andare a origliare dentro di sè per trovare le parole giuste. Espressioni tipiche della comunicazione auditiva sono: "Ti suona? Ascolta parola per parola. Tanto per dire".
Apprende più per ripetizione orale che per immagini, molto capace di ascoltare.

La persona *"Kinestesica"* è una persona molto legata alle proprie sensazioni, parla meno rispetto alle altre due, perché va a scavare nel fondo di se stessa per trovare le parole giuste, ha una respirazione molto profonda, fa uso di pause importanti mentre comunica. Espressioni tipiche della comunicazione kinestesica sono: "Ho afferrato il concetto. Tengo stretto. Mi sfugge di mente. Preso? Andiamo a fondo della questione".

La calma e la tranquillità seguono sia nella comunicazione sia nel suo modo di muoversi, agisce solo quando si sente pronta.

Questi filtri comunicativi sono essenziali per capire chi si ha davanti, parlando la lingua dell'altro (ricalco) possiamo chiedere ciò di cui abbiamo bisogno oppure suggerire una soluzione (guida), e questo permette ad entrambi gli interlocutori di vivere una relazione di stima e di vantaggio vicendevole.

È una grande responsabilità comprendere chi si ha davanti. Spesso le persone non si sopportano semplicemente perché il loro filtro comunicativo è diverso dal nostro. Se torniamo all'esempio della vacanza, è vero o no che quando siamo all'estero e sentiamo qualcuno che parla la nostra stessa lingua natia ci "fiondiamo" a parlare con lui perché sentiamo di essere simili?

Pensa il rischio che c'è nel classico incontro fra "visivo" e "kinestesico", inconsapevoli, uno super veloce e l'altro un totem: se non sono "costretti" ad andare d'accordo, dopo pochissime parole ognuno potrebbe prendere una strada diversa, con il grande rischio di perdere un'opportunità di crescita.

Magari non otterrò molto dalla persona più lontana da me, ma ricaverò ancora più autostima e fiducia nei miei mezzi, perché avrò fatto un qualcosa di nuovo e mi sentirò ancora più eccellente.

Sappiamo che nelle similitudini aumentiamo le sicurezze, ma è solo nelle differenze che impariamo qualcosa, e l'eccellenza è la somma di tutte le cose che impariamo a fare, anzi, a fare al meglio.

Nella comunicazione, in ogni persona c'è un punto di incontro, ed è una mia responsabilità trovarlo.

EPILOGO

115

IO...SONO

Quando ho iniziato questo percorso, onestamente non avevo idea di dove mi avrebbe portato. Non ne conoscevo le tempistiche, i modi e, talvolta, neanche la funzione. È stato un po' un viaggio iniziato alla cieca, dove sapevo quello che lasciavo ma non quello che avrei trovato.

Prima di tutto, vorrei spendere due parole su Gabri, che in questo cammino oltre a esser stato per me un valoroso mental coach, è diventato un amico, di quelli con la A maiuscola. Pur sapendo che questo esula dalle sue capacità puramente professionali, dice molto sulla persona incredibile che è. Non è stato facile agli inizi fidarmi di lui, ma poi non mi sono solo fidata, in certi momenti mi sono anche *affidata*. E a chi mi conosce un po', ma anche a chi non mi conosce affatto, posso assicurare che affidarmi a qualcuno non è un qualcosa che faccio così spesso. Forse è stata proprio la sua parte umana, al di fuori dell'immensità che mette nel suo lavoro, a farmi capire che la strada che stavo percorrendo aveva un cuore. Questa è una lezione che ho imparato in questo periodo: quando imbocchi un sentiero, chiediti se alla fine c'è un cuore. Non quei cuori senza sentimento che si postano nei social. Ma un cuore vero, un cuore che batte di emozione vera. Se c'è quel cuore, allora vai, continua, perché alla fine l'esperienza sarà stupenda, al di là del risultato.

Infatti, cadrò nella solita banalità, penso proprio che nel mio caso la vera gioia non sia quello che ho raggiunto, ma tutte le cose che ho visto, sentito, percepito durante il viaggio. È stato, e continua ad essere, un meraviglioso salto dentro ciò che sono. Una scoperta continua di cose nuove, di piccole qualità nascoste, di potenzialità che non sapevo neanche lontanamente di avere.

Per quanto il mondo del mental coach sia un mondo nuovo, in evoluzione, e ancora visto con occhi strani, io consiglierei a chiunque abbia voglia di fare dei passi in avanti, di offrirgli una possibilità. Un giorno, una persona mi ha fatto una mezza battuta dicendomi che stavo lavorando con uno psicologo. Partendo dal presupposto che, anche se Gabri lo fosse, non ci vedrei nulla di disprezzabile - tant'è che, in passato, qualche volta ho parlato anche con quella figura professionale - quello che fa Gabriele non ha nulla a che vedere con una seduta da uno psicologo.

Ho capito quanto il mondo e le persone siano, a volte, spaventate dal proprio essere, mentre invece è insita in noi una *luce* che aspetta solo di manifestarsi fuori.

Sarò sempre grata ad Andrea Capobianco e Antonio Bocchino, due allenatori, ma soprattutto persone, che mi hanno spinta a fare un paio di domande a me stessa. Un rapporto, con loro, iniziato in salita, a causa della mia vecchia e terribile abitudine a dar la colpa agli altri anziché capire dove stavo sbagliando, per poi finire con un legame forte di estrema e sincera riconoscenza.

Sarò per sempre grata a Piero, che mi ha fatto conoscere Gabri, e per la sua amicizia. Sarò per sempre grata a me stessa, per aver avuto il coraggio e la voglia di mettermi alla prova. Sarò sempre grata a Gabri, perché l'impegno e la pura dedizione in ciò che fa, trasudano di passione e di voglia di far eccellere gli altri. E, infine, sarò sempre Grata al Signore, perché in questo percorso mi ha toccato l'anima, regalandomi un fratello (anche se non di sangue) e rimettendomi sulla mia strada.

So che tutto ciò è un continuo "work in progress", perché ogni giorno presenta una sfida diversa, con persone nuove. So che ho ancora molto da imparare, e so anche che sono lontana dall'eccellenza. Allo stesso tempo mi concedo il benessere di sentirmi fiera di me, per aver capito in modo più chiaro la persona che sono, delineando quelle che sono le cose importanti per me, i valori, le persone che sento di volere accanto.
Non so dove andrò e cosa farò nel mio domani, e non so nemmeno se importa saperlo ora.

Quello che so per certo è che non sono ciò che faccio… ma in ogni cosa che faccio metto tutto ciò che <u>IO SONO</u>.

Giorgia

GRAZIE PER IL VIAGGIO

Dal primo contatto telefonico al momento in cui scrivo è trascorso del discreto tempo e riguardare indietro mi fa pensare ad una splendida scalata di un monte.
Provo e proverò sempre eterna gratitudine per ogni singolo giorno di lavoro con Giorgia, sotto molti aspetti questo percorso ha permesso anche a me di crescere, evolvere ed imparare cose nuove.
La sua autenticità è stata un faro nel nostro cammino, anche nei momenti estremamente difficili è stata vera e ha preteso da me lo stesso: pur essendo la verità uno dei miei valori fondamentali, sentirti dire costantemente "meglio una verità che ferisce che una bugia che illude", è stato segno, per me, di aver vicino una persona di *valore*.
La capacità di Giorgia di alzare i suoi standard, incrementare il livello di competenze e la voglia di essere competitiva, ne fanno un'atleta veramente formidabile e, soprattutto, una persona che migliora, in maniera importante, ogni ambiente in cui si inserisce.
Quello che traspare a tutti è che Giorgia ha delle capacità umane di *leadership* che sono un dono preziosissimo; ha lavorato tantissimo nella sua comunicazione, nel suo atteggiamento, nel conoscere bene chi ha nel suo ambiente per aiutarsi nei momenti importanti, al fine di raggiungere, con gli altri, l'obbiettivo.
È cresciuta nell'*amore* per se stessa e nella sua *autostima*, ha intrapreso una strada che esige un sacrificio importante e costante; è meticolosa in ogni aspetto della sua vita; continua ad investire su se stessa; ha scoperto che essere una voce fuori dal coro è un grande vantaggio per tutti, e la sua capacità di vedere le

cose in modo un po' fuori dagli schemi è un potente strumento di eccellenza.

Sicuramente non è stato un cammino tutto rose e fiori, spesso sono volate parole fuori posto e sconnesse dalla realtà da parte di "personaggi" esterni: per la maggior parte delle volte abbiamo fatto grandi risate davanti a certe affermazioni, mentre altre volte abbiamo preso queste "insinuazioni" e le abbiamo fatte diventare benzina di qualità per velocizzare il processo di crescita.

Non sono mancati gli scontri, come è normale che sia, ma la parola "mollare" non è stata presa mai in considerazione, anzi, nei momenti veramente difficili ho visto una donna lottare con grinta, forza interiore e sorriso di speranza anche quando tutto sembrava avverso.

Di aneddoti ce ne sarebbero tanti, l'unica cosa che voglio dire è che ogni lacrima che le ho visto e sentito versare, frutto della frustrazione di non arrivare ad esprimere il proprio massimo, è poi successivamente stata sostituita con tanti splendidi sguardi di determinazione e realizzazione.

Personalmente, oltre alla grande fortuna di aver lavorato con una splendida atleta, ho il privilegio di avere guadagnato una persona di un valore unico, una gemma rara ed irripetibile, che conosce se stessa e si mostra con orgoglio al mondo.

Per come interpreto il mio lavoro, spero sempre che si parta come rapporto lavorativo e si concluda come *rapporto di valore* e di amicizia, quando ci sono i presupposti: con Giorgia è successo!

La considero parte della mia famiglia, come Piero: ho avuto questa grazia di poter avere un Fratello e una Sorella con il quale condividere ogni passo che vivo.

Creando legami speciali la vita si arricchisce quotidianamente.

Gabriele

Questo capitolo non era previsto. Il libro è stato concluso qualche mese fa, e non avevo in programma di aggiungere frasi alle tante già scritte. Ma la vita è imprevedibile, e ci riserva sempre qualcosa d'inaspettato.
È il 12 Marzo, e la mia stagione si è conclusa 4 giorni fa, con l'eliminazione ai quarti di Eurolega. Si è conclusa 4 giorni fa perché a Novembre, dopo il ritiro con la Nazionale, al mio ritorno a Istanbul sono stata informata che, a fronte delle regole che disciplinano il tesseramento delle giocatrici straniere, non avrei potuto giocare nel campionato turco.
È il 12 Marzo, e sono tecnicamente in vacanza: non ho più orari da rispettare, allenamenti ai quali sono obbligata ad andare, partite da guardare.

Nel silenzio che mi circonda, penso a quello che ho vissuto durante questa stagione. Sarei ipocrita se dicessi che è stata soddisfacente, che mi sono divertita, e che è andato tutto alla grande. Sarei ipocrita se vi raccontassi che non ci sono stati momenti difficili, giorni in cui andare in palestra era dura, istanti in cui non capivo nemmeno cosa stesse succedendo attorno a me.
Ho scritto questo libro nella più totale onestà, mostrandomi per quello che sono, senza maschere e senza mettere alcun filtro ai miei pensieri. È per questo che sto aggiungendo queste pagine: perché non sempre è tutto bello, non sempre è tutto facile, non sempre possiamo controllare quello che accade. Eppure, durante questa stagione all'apparenza fallimentare, sento di aver avuto l'incredibile successo di restare fedele a me stessa e ai miei principi, consolidando attraverso gli ostacoli tutto

quello che ho imparato nel mio percorso con Gabri, e con me stessa, fino a qui.

Per qualunque persona è molto semplice svegliarsi e fare tutto quello che si deve fare, quando le cose vanno bene. È bella ogni cosa quando siamo circondati da persone che conoscono il nostro valore e lo tengono stretto. È facile sorridere, essere soddisfatti, e dare il meglio di sé, quando ogni pezzo s'incastra perfettamente.

Ho passato dei giorni in cui mi chiedevo il perché di alcune cose. Dopo certe partite mi sono ritrovata a camminare senza meta, con le lacrime, chiedendo al buon Signore di darmi una motivazione per tutto ciò che, come atleta, mi stava capitando: pochi minuti in campo, partite perse, atteggiamenti altrui che facevano a pugni con i miei valori. Allora non vedevo le risposte, non le sentivo, forse non volevo farle mie. Ho pregato tanto. Ho pregato di ricevere costantemente la forza di tenere alte le mie motivazioni personali. Ho pregato che i miei passi venissero indirizzati verso la Luce, lontano da quel buio che - sentivo - poteva avvolgermi in ogni istante. Nei giorni in cui volevo scappare, ho cercato dentro di me lo spirito per presentarmi in palestra a dare sempre il massimo, col sorriso e, sopratutto, con voglia. Quella voglia che a volte provano inconsciamente a strapparti via, e che solo tu puoi tenere stretta addosso.

Oggi, posso dire che ogni mia preghiera è stata ascoltata, e che ogni domanda fatta ha avuto la sua risposta. Anche se ancora non capisco alcune scelte fatte da altri e perché siano state imboccate strade che, alla prova dei fatti, hanno portato tutti a sbattere contro un muro, ho capito perfettamente il significato di tutto ciò che ho vissuto personalmente.

Penso, sinceramente, che il lavoro fatto con Gabri negli anni passati, tutto ciò che avete letto nei capitoli precedenti, abbia cambiato la mia vita. Non solo per quello che ho ottenuto, ma per tutto quello che ho lasciato di me. Una stagione come questa appena finita, dove gli obbiettivi prefissati non sono stati raggiunti e dove ciò che ho ricevuto è stato molto meno di ciò che ho dato, mi avrebbe portato a dubitare delle mie capacità e rubato l'amore profondo che ho per il basket. Al contrario, invece, ho avuto la conferma della donna che sono diventata, restando sempre aggrappata - a volte solo con un dito - alla totalità di ciò che sono.

Ricordo, nitidamente, il momento in cui, durante una partita, ho pensato: "Nessuno può portarmi via la mia passione". Ero seduta in panchina e, sino a quel momento, non ero entrata in campo. Sentivo come se tutto stesse scivolando via. Proprio in quell'istante, invece, ho avuto la certezza che nessuno, e niente, avrebbe potuto privarmi della gioia che sento nel cuore quando gioco.

Spesso si dice che una stagione consacra un *atleta* quando questi ottiene risultati importanti. Io, invece, dico che ciò che consacra una *persona* è la sua capacità - pur toccando il fondo - di restare aggrappata a se stessa con Fede.

La profonda gratitudine che provo verso i mesi passati, è difficile da spiegare, e forse ancora più difficile da comprendere. Ogni momento impegnativo che ho affrontato mi ha riempito di forza, invece che togliermela. Ogni scelta ingiusta di cui ho subito le conseguenze, mi ha spinto a voler essere, in primis, giusta verso me stessa. Ogni parola dal valore opinabile che ho ascoltato, mi ha condotto, ancora una volta, a riservare estrema attenzione non solo a quello che dicevo, ma, soprattutto, a chi lo dicevo. Ogni minuto che ho passato in panchina, invece di portarmi a dubitare del mio valore come giocatrice, mi ha dato modo di chiedermi quante volte nella mia carriera non mi sono preoccupata delle compagne che davano l'anima e giocavano poco. Ho capito che una squadra è forte quando ognuno si sente importante nel ruolo che ha, perché ogni singolo componente è essenziale per creare la giusta miscela.

Invece di andarmene con la delusione di non aver raggiunto ciò che volevo, me ne vado con la felicità di aver imparato tante cose preziose per il mio futuro.
Davanti a me ho tante altre sfide che non vedo l'ora di affrontare, e lo farò con una consapevolezza ancora più profonda.

"Ho combattuto la buona battaglia, ho terminato la corsa, ho conservato la fede."
2° Lettera a Timoteo 4:7

RINGRAZIAMENTI

Inutile dire che questo libro, molto probabilmente, non sarebbe mai arrivato alla pubblicazione senza l'aiuto e il sostegno di alcune persone.

Con il cuore, il nostro più grande ringraziamento va alle nostre rispettive famiglie, a Federica, e a Kim. Senza avere alle spalle il loro amore, e spinta, nulla di tutto ciò che abbiamo avrebbe lo stesso sapore.

Ringraziamo il nostro amico Piero, per averci fatto incontrare, iniziare questo percorso, e averci dedicato del tempo scrivendo la prefazione di questo libro. E, sopratutto, per il dono della sua amicizia.

Un grazie grande e profondo va a Andrea Capobianco per averci sostenuto e accettando di scrivere l'introduzione per noi; a Francesco Forestan, per aver dedicato parte del suo tempo, con infinita pazienza, alla lettura del testo e offrendo validi suggerimenti; ad Alessio Cortesia, per essersi reso disponibile alla creazione della copertina; a Valentina Vandilli, che con la sua esperienza ci dato importanti consigli.

Un ringraziamento sentito va alla Federazione Italiana Pallacanestro (FIP), e al Comitato Olimpico Nazionale Italiano (CONI) per aver creduto in questo libro, sostenendoci con il loro patrocinio.

Grazie a Valerio Fioretti, della Start Me Hub, per aver creduto in questo nostro progetto, sostenendoci nella pubblicazione di questo libro, permettendoci così di fare il massimo della beneficienza.

E per finire, grazie a NutriAid per tutto quello che fate, nel tentativo, a volte difficile, di migliorare la vita di chi ne ha più bisogno.

INDICE

NutriAid è un network di organizzazioni medico-umanitarie indipendenti impegnate nella *lotta contro la malnutrizione infantile*.
NutriAid, in particolare:

- costruisce, ripristina e coordina centri intensivi di lotta contro la malnutrizione acuta severa e cronica;
- realizza programmi sanitari attraverso l'invio di équipe mediche specializzate
- attua programmi di sicurezza alimentare
- sostiene le famiglie in progetti di sviluppo agricolo e allevamento per evitare ricadute legate a fame e povertà.

Giorgia e Gabriele, con il ricavato dalla vendita di questo libro, hanno deciso di aiutare nello specifico il PROGETTO "NEAR ME: L'OSPEDALE DEI BAMBINI".
Il comune di Loul Sessène, situato nella provincia di Fimela, dipartimento di Fatick, si trova a circa 130 km a sud della capitale Dakar ed è composto da diciotto villaggi.
La situazione sanitaria della zona non è considerata allarmante, tuttavia le strutture sanitarie esistenti sono piccole, spesso fatiscenti, senza elettricità e/o acqua corrente, scarsamente presidiate da personale sanitario e la maggior parte delle volte devono far fronte

ad una ricorrente carenza di farmaci, indispensabili per le terapie d'urgenza.

In tutta l'area, che copre più di 23.000 abitanti, operano solo 2 infermieri.

Ciò significa un centro di salute e un'infermiere ogni 11.500 abitanti, mentre gli standard ufficiali prevedono 1 infermiere ogni 5.000 abitanti.

Le persone maggiormente vulnerabili sono spesso mamme e bambini. Le donne in gravidanza non godono di una buona sorveglianza - visite di controllo, ecografie... - e non ricevono specifiche integrazioni necessarie durante questo periodo - acido folico, ferro, vitamine…- Il parto rischia di divenire un evento seriamente rischioso nel caso di complicanze, in quanto l'ospedale più vicino si trova a decine di km di distanza e le donne non hanno mezzi propri per spostarsi se non, a volte, semplici carretti trainati da asini.

I bambini, seppur non in condizioni di malnutrizione severa, evidenziano segnali preoccupanti di malnutrizione cronica che si acuisce nei periodi di siccità, che sono purtroppo in continuo aumento a causa dei cambiamenti climatici.

Per tutte queste ragioni nasce NEAR ME: l'ospedale dei bambini!

Finanziato grazie ad un progetto biennale di Carrefour Italia e da molti sostenitori privati, la struttura ha preso il via e ad oggi sono state costruite le fondamenta del padiglione nutrizionale e della pediatria.

Per l'inaugurazione abbiamo immaginato un wall (muro) su cui dipingere i nomi di tutti coloro che hanno contribuito a realizzare questo meraviglioso progetto.

Grazie di cuore!

NutriAid

IL TUO SPAZIO

NOTE PERSONALI - IO SONO

Ora che hai finito il libro, prenditi del tempo per te e scrivi cosa ti ha lasciato :

IO SONO ....

....

....

....

....

....

....

....

....

....

....

....

....

....

....

....

....

....

....

....

....

....

....

....

....

....

....

Che insegnamenti ti prendi per la tua vita ?

Come cambierai la tua vita ?

ALLENATI PER ESSERE UN CAMPIONE

Indica il numero che rappresenta il tuo livello attuale dentro queste aree , mandamelo a gabriele@coachbanigabriele.it e ti supporterò per far accrescere la tua essenza.

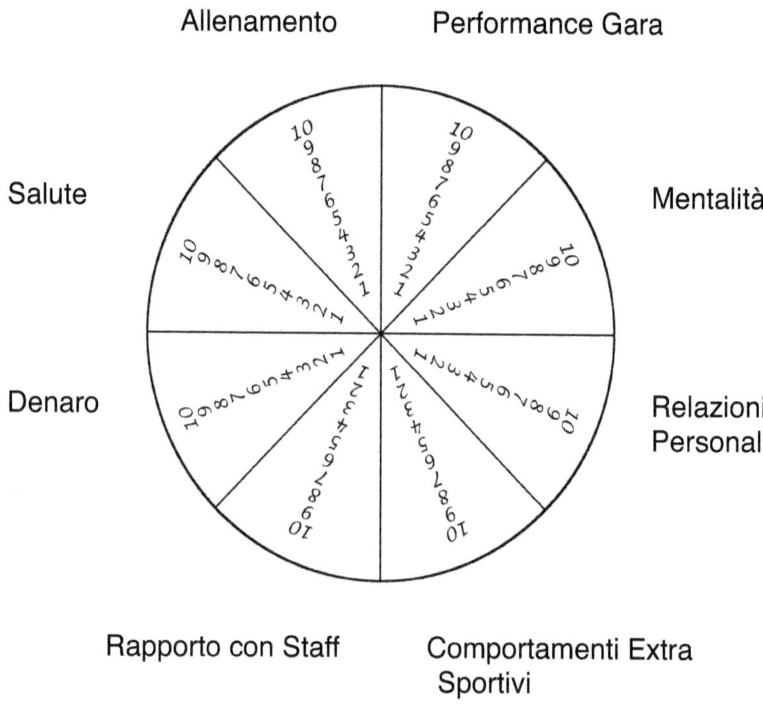